撕裂绝境深处的黑暗

让希望绽出光芒

心中的光不灭

世界自然不会对你熄灯

在生命中埋下梦想的种子

于浮世中涤荡沉浮

终有一天

你可成为自己的太阳

心有沉香/不惧浮世

黎溪淳 著

LIXICHUN'S WORKS

时代出版传媒股份有限公司
安徽文艺出版社

图书在版编目（CIP）数据

心有沉香 不惧浮世/黎溪淳著．—合肥：安徽文艺出版社，2019.9
ISBN 978-7-5396-6410-1

Ⅰ．①心… Ⅱ．①黎… Ⅲ．①散文集－中国－当代
Ⅳ．①I267

中国版本图书馆CIP数据核字（2018）第150092号

出 版 人：段晓静
策　　划：武　晶　　　　责任编辑：张星航
特约编辑：武　斌　　　　装帧设计：一个人·设计　闻　艺

出版发行：时代出版传媒股份有限公司　www.press-mart.com
　　　　　安徽文艺出版社　www.awpub.com
地　　址：合肥市翡翠路1118号　邮政编码：230071
营 销 部：（0551）63533889
印　　制：北京兰星球彩色印刷有限公司（010）58411596

开本：880×1230　1/32　印张：8　字数：160千字
版次：2019年9月第1版　2019年9月第1次印刷
定价：39.80元

（如发现印装质量问题，影响阅读，请与出版社联系调换）

Contents

目　录

第 一 辑　励志前行：为了幸运而努力

第一节　于浮世中沉淀自己 /3

第二节　为了幸运而努力 /9

第三节　跟哪类人交往，你就是哪类人 /17

第四节　心态决定格局，格局决定人生 /23

第五节　属于你的精彩在何方 /29

第六节　为自己争取安全感 /36

第七节　你不要太心疼自己 /43

第八节　手里时刻握着船桨 /49

第九节　个人的优势无关美丑 /56

第十节　掌握好手中的“利器” /63

第十一节　为自己大胆一回 /69

第十二节　我们努力不是用来感动自己 /77

第 二 辑　魅力涵养：把自己雕琢成最美的艺术品

第一节　让我们的灵魂歇一歇 /85

第二节　心有沉香 幽静绽放 /90

第三节　不要通过贬低别人抬高自己 /95

第四节　自黑是一种优点 /100

第五节　如沐春风的素质与涵养 /104

第六节　你若微笑，疤痕也是美丽的 /110

第七节　心里有个填不满的洞 /116

第八节　你能改变的只有自己 /123

第九节　拒绝是一种善意且自卫的表现 /129

第十节　不念过去，不惧将来 /137

第十一节　用美好遇见美好 /145

第十二节　说话要避免不愉快 /152

第十三节　少发言多倾听 /157

第十四节　不辜负每一丝温暖 /164

第十五节　无需活在别人的道德枷锁中 /172

第 三 辑　婚姻情感：从世俗中脱颖而出

第一节　不幸福不是远嫁的错 /183

第二节　感恩的女人不会孤独 /193

第三节　必要的时候动点“小心机” /198

第四节　生活是由自己创造的 /204

第五节　我们往往把关心当累赘 /211

第六节　幸福是无法复制的 /217

第七节　水的质量跟杯子无关 /225

第八节　女人要及时地优雅转身 /232

第九节　你才是自己最坚强的后盾 /238

尾声：心有沉香，不惧浮世 /245

每一个优秀的人，都有一段沉默的岁月。

第一辑 励志前行：为了幸运而努力

无论男女，每一个拥有梦想与目标的人，他的心都是热且沸腾的。生长在如今这个女人能撑起半边天的时代，我们更不能辜负这个世界给予我们的任何一次机会。

诚然，在奋斗前行的这条路程上，我们注定会遭遇坎坷，可是，亲爱的不用害怕，失败是收获力量的又一次累积，挫折是一次又一次充满惊喜的转折，只要不放弃，希冀之光总会出现，指引我们前行。

不要等夕阳西下的时候来怀想最初，人生是一条不可回头的路，越努力的人终将越幸运，努力吧，不为别人，只为做一个连自己都羡慕的人。

做个内心充实而安静的人，
不被浮世所困，不为俗世所累。

第一节 于浮世中沉淀自己

我们都知道，环境可以影响一个人、一群人、一个地域，甚至一个种族，而我们如今所生存的环境，因为互联网技术的发达，让很多观念不知不觉融入人们的认知中，不但影响了社会中的我们，影响更深的，是正在成长中的孩子们。

他们还在不懂得分辨对错好坏的年龄，可接触的讯息已经很广泛很繁杂，用传统教育的方式去约束孩子们行为的方法已经不可行。他们有自己的判断，有大众流的导向，会盲目跟随和学习，时间久了，就会质疑家长们的监督和教导。

面对这样的大环境，如果你是一个母亲或者一个父亲，是不是会忧心忡忡，担心自己的孩子在成长的路上走上岔路，无法回头？

最近我就经历了这样一件事，让我不得不重视起对自己孩子的教育，我将这个故事讲出来，也是希望身为家长的你们能得到一点警惕和启发。

女儿是妈妈的贴心的小棉袄，是爸爸的掌上明珠。

如果你的女儿机灵可爱，聪明伶俐，很多没见过没接触过的东西一点即通，甚至不学自通，你是骄傲呢，还是担心？

我的一个朋友张姐，就有一个宝贝女儿，听说从小因为聪明，被全家人捧在手心里宠着，上学以后成绩一直名列前茅。张姐每次提起女儿都笑成了一朵花，满脸都是骄傲。

可是最近张姐却每天愁容满面，和她聊过才知道，一切都因为她那个聪明好学的女儿。

那个女孩子今年十七岁，刚刚步入大学，正是如花的年纪，我曾见过一面，穿着干净可爱的校服裙，眼睛里很纯净，是个单纯且招人喜欢的女孩。

可是孩子步入大学后，脱离了家庭管教，通过网络接触的人和事物多了起来，性格就开始慢慢改变，衣服鞋子，必须时髦上档次，全身上下非名牌不穿，吃穿用各方面都开始挑剔。事实上，张姐家的经济实力并非特别富裕，随着女孩需求的越来越难以满足，张姐心底开始有了危机感了。

这次的事件还要从一部手机说起。

最近，女孩看学校的朋友都用上了最新款苹果手机，女孩就想要一台一样的，而距离她上次买新手机的时间才几个月，张姐毅然拒绝了她的请求。

女孩使出了浑身解数，撒娇、讨好、生气，软硬兼施，张姐都没有心软同意。于是女孩一气之下，就回了学校，张姐也没有在意。

然而三个月后问题出现了。

这天张姐手机接到了很多陌生号码发来的催债甚至是辱骂信息，她以为是骚扰信息就没多想，直到对方发来女儿的个人信息以及照片，张姐打女儿电话打不通这才知道事情的严重性。

张姐坐车寻到学校去才搞清楚事情真相。原来当时拒绝给女儿换新手机，女儿回学校之后便觉得低人一等，不久之后便在校园借贷的怂恿下，从非法网络借贷平台借款几千元购买了一台新手机。原本打算从每周生活费里节省开支用于还贷。可计划赶不上变化，一次逾期之后还款数额接近翻倍，女孩不敢对家人说，直到两三个月后还款本息翻了数倍，女孩电话不敢开机，甚至不敢去学校上课，才有接下来张姐收到催债信息的事情。

女孩家人很难接受这样的事情，张姐更是当面砸了女儿新买的手机，把贷款还清便带着女儿回家了。

同样身为妈妈的我，能够理解张姐此时的心情，我安抚她："张姐，你别着急，教育的事情，急不得，我们一起慢慢想办法解决。"

张姐说现在她还只是为了手机去借贷，以后她的眼光越来越高，要求越来越离谱的时候，她对这样的未来，感到深深担忧。

我解释："其实不一定非要限制她的追求，她想要什么，让她自己用双手去赚取。"

张姐郁闷不解："她现在还是个学生，哪有赚钱的本事？"

我说："我儿子现在才十二三岁，但是他提出想要什么东西的时候，我都会让他自己以劳动去赚取，我会努力去让他懂得世上没有白得的东西，对于父母，他也不可能无条件索取。"

听完我的一番话，张姐沉默了很久，最后若有所思地点点头，但是某个工作日下班时，我接到了张姐的电话。

张姐告诉我，当时她领女儿回去以后没有打骂她，还给女儿买了一部最新款手机，但并没有立即给她，而是告诉她必须以自己的劳动换取。女孩骨子里也是倔强骄傲的，认为自己一定能行。于是，她便趁着暑假在网络上找了一份家教的工作。张姐认为女儿从小没吃过苦，最多坚持三天就不会再坚持下去了，可让人意外的是女孩这一坚持就是一个暑假。

开学前夕，张姐把手机给了女儿，可令人意外的是女儿让张姐先把那部苹果手机拿去退了，说她以前的那部手机还能用，到时候等钱攒够了，她自己去买，并且对之前借贷问题进行了深刻检讨。

女儿心理状态的一些改变成长，让张姐感到很欣慰，她想，虽然损失了几万块钱让人恼火，但让女儿认清了网络的是非和虚幻，亲自体会赚钱的不易，并且能改变攀比的坏习惯，还是很值得的。

我们成长在这个浮世中，接触到的信息远远要比我们所能消化掉的要多很多，这个时候，我们的欲望就会很容易膨胀起来，而内里其实是空虚的。

这时候我们就很容易受到某些影响而走上歧途，小到每件事每个细节，大到整个人整个世界，都有太多我们所未知的东西和变化，所以我们需要不断地学习。

无论是对青少年还是成年人，皆是如此。

受这个浮躁的社会现状所影响，因为好奇去探索这个世界，却又因为年龄太小难以分辨好坏对错，网络带给我们的是便利和进步，但同时也带来了潜藏的危机。

归根结底，导致这一切的还是自身的无知。笔者只希望通过这个故事，给所有的妈妈和孩子们提个醒，让孩子们多了解，多分辨，多学习，多接触一些积极向上、有正能量的知识，慢慢感悟，于浮世中沉淀自己。

也希望所有的家长，都能从孩子身上看到自己的缺失。每一个孩子所犯的错，都是家长种下的因，父母需要学习的永远比孩子多很多。

也希望对未成年、将成年，或者已经成年的年轻人说一声：

未来的世界很大，而孩子思维的空间很小。

我们一边成长，一边探索，磕磕绊绊往前走，对的，错的，好的，坏的，都是人生要经历的事，不要轻易去践踏孩子的世界。

孩子的世界太美，却也脆弱，被家长们小心翼翼地守护在这个纷杂斑斓的世界中心，不经意间，它就会碎一地。

第二节　为了幸运而努力

我们每天工作、打拼是为了什么呢?

为了钱?为了吃饱喝足?为了能在人前穿得光鲜亮丽?

这一切表面看来是为了物质，但透过物质，其实最真实的目的是为了实现内心对家庭、对情感的美好追求与向往。

每个人活在世界上，无论男女，最终极的幸福，就是跟所爱的人一起，在尘世中留下一抹岁月静好。

然而，美好的生活从来都不是伸手能及的，生活中总是有这样的无奈和那样的坎坷，这些琐碎的矛盾可以将一个曾经天真无邪的少女，变成一个让丈夫不敢归家的怨妇。

然而，你在抱怨生活中的点点滴滴时，生活也会将这些抱怨编织成一张巨大的网，笼罩在你还有你的家庭上面，一天一天加重压力，让你越来越看不见阳光。

同乡的小姐妹阿欣三更半夜找我，跟我说她想离婚。

当时我正在睡梦中，听见手机响，眼睛都没睁摸到手机，勉强撑开眼皮看了一眼手机屏幕，然后恍恍惚惚地回了一句:

又要离啊?

信息发出去后几分钟，我才浑浑噩噩反应过来，然而已经撤不回来了。

其实也不怪我态度漠然，是真的听阿欣说她要离婚已经是家常便饭了。

当局者迷，旁观者清。在我们这个圈子里的朋友看来，有问题的不是阿欣的婚姻，也无关她老公怎样，其实是她这个人的性格有一定的问题。

我跟阿欣还有几个小姐妹差不多从小一起长大。阿欣十岁那年，妈妈生了个弟弟，从此她的任务不仅是读书干家务活，还要帮忙带弟弟。大概也就从那个时候起，她开始向我们这些小姐妹吐苦水，为什么爸爸妈妈要生弟弟，爸爸妈妈只疼弟弟根本就不关心她，她感觉自己是这个家的外人。

高中时，她经常因为一点小病小痛就请假，最后干脆连学校都不去了，中途辍学跑去外地打工。

之后我们很少见面，一般也只有过年的时候才能聚一聚，但平时我们几个小姐妹建了个群，也就经常在群里彼此嬉嬉闹闹说说心事，吐吐苦水。

在我们都到了谈恋爱的年龄时，几个小姐妹陆陆续续开始相亲，阿欣也相过好几次亲，有好几个男的其实都不错，她自己也看上了，结果对方没看上她，她愁眉苦脸觉得自己一无是处，担心以后找不到好的男人了。

一年后，我听到了她未婚先孕的消息，据说她老公家很穷，而她跟他交往才一个多月就怀了孕，这速度也是让我们一众小姐妹目瞪口呆。

怀孕在家闲着无事，她就喜欢在微信上跟我们唠嗑，言语中充满了对将来的担忧与彷徨。

公婆年纪大闲在家里没工作，也没有退休工资，张口伸手就是要钱，老公打零工，干一天休息三天，很不稳定，他们结婚的时候又欠了一屁股债，以后孩子生了怎么办，老公经常在微信上跟前女友聊天……

跟我们唠得久了，离婚成了她的口头禅，哪天她情绪低落来找我们，不提离婚，我们兴许还要觉得诧异了。

结婚三年后，她的孩子也差不多可以脱手了，她开始出去工作。她老公朋友的老婆在长沙给她介绍了一份工作，她过去后当时就反悔了，因为要上夜班。她怎么也不肯干这份工作，却又不知今后该怎么办，在群里跟我们聊天的时候，语气里满满都是茫然，同时控诉她老公在这个关键的时刻不接她电话。她想跟她老公一起出去工作，但因为她老公本身工作也不稳定，不想带着她一起，导致两个人都没有固定收入。

我们几个小姐妹当时给她出了很多的主意，然而，她最后还是选择逃避回了老家，在家待了很久。后来迫于经济压力，她又出去工作了，在一家专卖店上班，工作倒是轻松，只是工资低，也很无聊。

也是巧合，那年我们群里的小姐妹陆陆续续都怀孕了，有的都怀二胎了。偶然一次聊天的时候，阿欣说："今年怀孕的可真多，我也想怀孕，怀孕就轻松了，不用上班不用操心，可以当一年的皇后。"

当时，我们都以为她在开玩笑，以他们家现在的经济条件，还有他们夫妻之间的感情矛盾，现在怀二胎，绝对不是个理智的选择。

然而没过多久，我们还是听到她怀上二胎的消息。接着，隔三岔五的，她便会来群里吐下苦水，自从怀孕之后，她已经在群里提出过两次要离婚。

第三次是私下半夜对我说的，当晚我迷迷糊糊回了她一句之后，她没有再回我。第二天，我还是觉得我前一晚说的话不妥，又去亡羊补牢地说了一句："先把孩子生下来吧，别的事，以后再说。"

阿欣的例子，我就讲到这里，相信我们每个人的身边，都会有像阿欣这样的人，面对人生跟未来的时候，充满了茫然不安，每天都在担心明天，却又做出一个又一个让自己后悔的决定。这些决定累积起来，压得自己喘不过气来，疲惫不堪就会成为自己的常态。

你若不想天天背负着怨气度日，一定要去开阔自己的视野，充实自己，内在不较劲，外在不抱怨。

凡事有因有果，如果你一开始就因为抗拒困难选择逃避，而不去努力，那么后面的路就会越来越难走。

世人大多不易，没有谁的人生是轻松的，所有的轻松都是用曾经的努力换来的。

在这里，我还想举个例子。

我有个闺密叫晴晴，她是一位很特别的姑娘。她跟我同岁，却是家里三个弟弟妹妹的大姐，父母在生了她之后为了生个儿子，又马不停蹄地生了二胎，结果二胎又是个女儿。消停了几年之后，他们又开始为了要儿子而准备，这次他们终于如愿以偿，生了儿子，而且一生还生了一双。

从此晴晴过上了颠沛流离的童年生活，外婆家寄住一阵，姑妈家借住一阵，偶尔有一两年比较幸运可以跟父母还有弟弟们一起生活。或许这也算不上幸运，跟父母生活的那两年，全然是因为父母希望她一起帮忙照顾弟弟，他们从不过问她的读书成绩。

总之，每次当她好不容易在一个环境里刚刚熟悉的时候，却又不得不离开，然后又要去另一个环境里重新熟悉，原本一个活泼开朗的小姑娘，变得越来越内向。

回想起童年种种颠簸，她感叹，她在那样的童年中成长，没有长“歪”，真是三生有幸。

可是，我们都知道，她走到现在，靠的不是三生有幸，而是她有一股不服输的韧劲和比别人多出几倍的努力，才换来的如今。

那个时候，乡下的初中生跟城里的初中生是完全不一样的，星期天还有暑假那绝对就是用来休息玩耍的，什么补课、请家教、特长培训，那完全都是陌生的字眼。

但是跟别的小孩不一样，晴晴的星期天跟暑假从来不会用来休息，弟弟们小的时候，要带弟弟。弟弟们不需要时时看着后，她就去隔壁村子里采茶，一天赚个十几二十块钱。拿到钱后的第一件事情，她不是去买零食，也不是去买衣服，而是去书店里买一本自己喜欢的书，爱不释手地拿回家读，读到自己都能背下来。

是的，她喜欢看书，连数理化课本那种书她都能看得津津有味，并不是觉得真有多好看，而是她珍惜每一次学习的机会。

后来，她以我们县中考第一的成绩考上了市里最好的高中，后来一路顺利，读大学，读研究生，到目前为止，她结婚了，还是在读博士生。

在我们朋友的眼里，她简直就是神一样的存在。

她家里的条件并不太好，而她也不是一个只会死读书的女孩。大学的时候，她也跟大多数女孩一样，开始谈恋爱，只是恋爱没有成为她的阻力。她恋爱事业两不误，她男友欣赏她的努力跟才华，愿意工作出钱资助她，而她也足够努力，没有辜负男友的付出，学业越来越出色，最后两人水到渠成，进入了婚姻的殿堂。婚后身边的朋友、同学陆续怀孕，而他们夫妻俩也难免被催，但她并没有动摇，两年后，眼看即将博士毕业，她才开始下一步的备孕计划。

很多时候，我们在看一个出色的人的时候，往往只会看到他光彩照人的一面，却鲜少有人知道，他曾经有多么努力。

晴晴曾经有多辛苦多努力，只有她自己知道。

她是一个不敢对自己的人生有一丝懈怠的人，每个阶段该做好什么，她都会有自己的计划跟目标，不受干扰，也不会轻易改变。

她把别人用来抱怨的时间，用来学习跟做实验，她满脑子都是实验论文，以及对下一步的规划，哪还有多余的时间跟空间用来抱怨？

当你越来越努力，内心越来越强大的时候，一切琐碎的事情在你眼里，也不过像那空气中的尘埃，细小到让你完全可以忽视。

她的幸运完全来自她的努力，也正应了那句话，越努力的人也会越幸运。

珍惜每一个降临在自己身上的机会，将所有的磨难视为生命中的过客，不事事抱怨，定准目标，以微笑的姿态，去吟唱这首名叫《生活》的歌谣。

这个世界上，没有谁能永远成为另一个人的依靠，让我们为了幸运而努力，为了强大而奋斗。愿每一个姑娘都能成为自己的太阳，无需凭借别人的光。

第三节　跟哪类人交往，你就是哪类人

生活中，我们都喜欢跟哪类人接触呢？

人性使然，通常情况下，我们应该都喜欢跟那种天生乐观、随性安逸、风趣幽默又使自己没有压力的人接触，这样的人会让我们感到轻松，说话聊天都感到无比自在，不由自主就想跟这种人一直交往下去，无声无息间被他们影响着。

然而，相处愉快，谈话无所顾忌就绝对是一件对自己有利的事情吗？

事实上，凡事有利有弊，这里面弊端的形成是潜移默化的，一开始你或许不会发现，甚至还会处于无比轻松愉悦的状态中，任自己随波逐流。可是，当你发现的时候，或许为时已晚。

我刚进这个圈子的时候，认识一个年纪很轻的小作者，那时候几个姑娘还义结金兰拜了姐妹。她最小，排行最后，我们就叫她小八。小八年纪虽小，但很有才华、灵气，刚出道写的第一本小说就被出版商看中并成功出版上市。那会，在我们圈子里也算小有名气了。

也是因为年纪的关系，她特别喜欢交朋友，只要是对她特别热情的作者，她也会对别人特别热情，为人太过单纯，根本分不清到底哪些人跟她是惺惺相惜，哪些人想利用她，一路走来她也没少吃亏，但她很快就过去了，下次对“新朋友”还是特别热情。

刚步入社会的单纯小姑娘爱交朋友是没有错，但是，交了朋友之后，她总是会被朋友所影响。

比如刚认识不到一个月的“朋友”不开心，她也会跟着情绪低落，放下手中的写字任务，去安慰“朋友”，最后惹得朋友跟读者都不开心，她也完全不在乎。

在她入行的第三年，差不多是她发展最好的一年，她的两本新书都上了网站的排行榜，其中一本还排名第一，这是很不错的成绩，我们其实都非常看好她。可是，在这个关键时刻，她突然停笔不再写网文，准备去写能出版的作品。那个时候网文才刚发展起来，在我们这个圈子里的人看来，其实不算入流的，出版怎么也要比网文高大上一些。

当然，小八绝对不是因为追求更高，而是因为她不想再写网文了，写网文每天都有更新任务，她嫌累。

在她的身边有好几个朋友都不是写网文的，但她们也全都是全职作者，十天半个月不用写，偶尔写一本也能够养活自己，然后其余的时间就用来吃喝玩乐。

那时候小八是特别羡慕她们的，觉得她们说的话也有道理，那么年轻的姑娘，为什么一定要天天坐在电脑前码字，把自己活生生熬成个黄脸婆呢？青春是一去不复返的，不趁着年轻好好玩一玩，将来一定会后悔的。

因此，小八放弃了在网站上写文，开始写实体出版文，几个月写一本，其余的时间要么玩游戏，要么打麻将，天天过得很是安逸。这期间，以前跟她一起在网站上写文的作者偶尔跟她聊天，会劝她回去写网文，不要任由自己再懒下去了。以前跟她一起写网文的如今年收入都是几十万，都靠着自己的能力买房买车，还有大笔的积蓄，虽然每天都要更新，但生活质量是大大提高了。可是小八一方面觉得自己写文速度越来越慢了，肯定写不了网文了，对自己没有信心了，另一方面也一直沉浸于安逸中，所有的善意劝说她都听不进去，她甚至为了不老听他们讲这些，会刻意去回避他们。

真正让她感到危机感的，是在她父亲出现意外事故的时候。小八家里经济并不宽裕，父亲出车祸在晚上，是监控盲区，当时肇事者就逃了。父亲是农村人，没有买保险的意识，普通的农村医保完全负担不起父亲的巨额医药费，当时小八真是砸锅卖铁四处筹钱为父亲治病。后来父亲治好了，可是家里却欠了一屁股债，所有的压力都压到了小八的身上。

这个时候，小八才想着要好好赚钱了。可是，她离开太久，如今市场也足够饱和，要想出头是非常难的，所幸小八这几年也还是积累了一些资源，文笔也不差，只要她踏实地写，钱还是能赚到的。当然，前提是要吃得了苦，狠得下心，只要开始写就不能停。

当小八开始努力的时候，她才发现那些勤奋的朋友是多么重要，懒惰完全是自己对自己的纵容。当设定了目标，在朋友的相互鼓励之下，小八以前认为自己完成不了的任务，其实也没有那么难。时间久了，她的速度越来越快，轻轻松松完成任务，有时候还能超额完成。努力总是会获得收获的，两年下来，小八陆陆续续将家里欠的债还清了，接下来，她还给自己定了一个目标，再努力一年，攒一笔钱，然后出去旅游一次，适当放松一下，劳逸结合。

从小八的事例中我们可以看到，小八如果心更坚定一些，不去纵容自己，不被周围的人影响，没有在最好的发展时机中选择安逸，她的人生之路就会完全不一样，或许根本不会有那么狼狈绝望的时刻，又或许她早就获得了一直想要的成功，最后虽然她也混得不差，但至少，不必走这么多的弯路，到最后逼到了绝路才去努力。

常言道，跟哪类人接触得多，你就是哪类人。

在我们的生活中，总有一些人比较上进，也总有一些人比较懒散，上进之人一天二十四小时还嫌少，因为总感觉还有很多很多的事情需要去做，懒散之人在他人忙碌之时选择安逸享受。

所谓近朱者赤，近墨者黑；物以类聚，人以群分。

穷人只会教你如何节省，牌友只会催你打牌，游戏里的朋友只会约你早点上线。即使你曾经很优秀，不知不觉中，你就会被归成与他们同一类，再想去往好的方向发展，你就会不断受到阻力。同样的，优秀努力又靠谱的人，会逐渐感染你，让你取得进步，一点点变得优秀。

没有几个人能做到坚持自己，不被任何人影响，当我们没法做到完全约束自己时，我们应当尽量避免去与那些太过懒惰、贪图安逸、没有抱负之人接触。

没事的时候，我们多跟优秀的人聊聊天，不是要去讨好他们，只是看看自己跟别人的差距有多大。如果这个时候，还能淡定地选择安逸的人，那一定不属于常人。

常人都有自己的梦想，在我们还有梦想没有完成之时，我们应当多和可以帮助自己朝梦想方向发展的人交往。不贪图安逸，不负时光，激励自己不断冲破自己认为不能跨越的

高度，挖掘出身体里最强大的激越之心，让这个世界向我们逐渐张开温柔的怀抱。

第四节　心态决定格局，格局决定人生

有这样的一则小故事。

话说有三个工人在一个建筑工地上砌墙。

一天，一个领导来巡察，突然心思一动，问他们在做什么。

第一个工人一边往砖上抹着水泥，一边悻悻地说：“没看到吗？我在砌墙。”

第二个工人同样在抹着水泥，可是他突然停下了动作，想了想，认真地回答：“我在建大楼。”

第三个工人放下手中的活，站起身来，抬头仰望着上方，目光熠熠生辉，他快乐地说：“我在建一座美丽的城市。”

十年以后。

第一个工人还在工地上搬砖做苦力。

第二个工人成了建筑工地上的管理者，手底下管理着一众工地工人。

第三个工人则成了这个城市的领导者，风光无限的他让所有人都想不到，他是工地工人出身。

这个故事告诉我们，思想有多远，我们就能走多远，很多时候很多人虽然在同一条起跑线上，但是命运却截然不同，因为态度决定一切。

成事者，必须用美好的心情去感触接纳你手头上的每一件小工作，细节决定成败，能否意识到这一点，也将决定着你是否能成事。

其实，在我们生活中，这样的案例比比皆是。

小周跟小林是我中文系的两个同学，两人毕业之后，做的工作也类似，在两个不同的公司给人写策划案。

小周跟小林关系特别好，两人一起去应聘，一起被选上。小周跟小林进公司后才知道公司里其实是有一些潜规则存在的，她们专门负责写策划案，有底薪，写策划案的钱另外算，最重要的是，还有两种算法，如果策划案最后是用她们本人的名字，那么钱就要少一些，如果策划案是匿名，署名权归公司所有的话，那么她们拿到手的钱会高出一倍。

小周跟小林家里条件都不好，两人除了要顾自己，每个月还要给家里寄钱，压力其实也挺大的，在面对金钱的诱惑的时候，两人都动过心。

刚开始写策划案的时候，两人觉得才刚开始，她们写的也未必就好，反正又不是大师，匿名不匿名的，其实对她们没什么影响。所以，她们一开始都选择匿名，相对来说，匿名的要求比实名要求低，两人写的速度也快，来钱也及时。

那段时间，两人经济都比较宽裕，过得也很安心满足。后来，周围的人劝小周跟小林，告诉她们要在这个圈子里混得长久，其实还是要实名，自己有署名权，以后走出去才有作品，无论作品质量的好坏，那都是自己的，如果一直写匿名，一辈子也没有出头的机会。

小林被朋友的劝说打动了，开始放弃匿名，转战实名。实名的要求较高，写起来比较费神，平时写三个匿名案子的时间才能写一个实名的。

小周一开始也跟着小林一起写实名，可是坚持了一段时间她没有再继续坚持，因为写实名太累，改来改去委实麻烦，何况钱也不多，每个月给家里打少了钱，家里还会不高兴，她觉得得不偿失。

所以，后来小周就继续写匿名，每天日子过得很安逸，小林坚持写实名，写了又改，改了又写，反反复复地折腾。小周不止一次两次劝小林写匿名，实名要求太变态，改来改去，正常人都要改成神经病了。但小林没有放弃，她认为，无论付出多少精力，把每个策划案改到最完善，总是一件好事。

后来行情发展越来越好，这个圈子竞争越来越大，低质量的匿名渐渐没有市场，小周接的任务越来越少，大部分时间都在闲着。

而小林跟她的状况完全相反，因为之前写了不少的实名策划案，小林在圈子里慢慢积累了一定的名气，越来越多人慕名来找她写策划案，加上她之前写的策划案有些还挺火，后续她又拿了不少的提成。很显然，她在这个圈子里站得越来越稳，即使她现在的策划案写得少了，可是收入却是只多不少。

小周看到了小林的发展状况，方才醒悟，心知自己目光短浅，想重新开始写实名。然而，这个圈子已经越来越饱和，竞争也大了，虽说小周写过不少的策划案，可是这些年写匿名，从来没有太用心过，所谓不进则退，她贪图安逸的这几年，不仅名气的积累远远不如小林，就连自身的水平也跟她相差甚远。

小周很伤感，找我聊天的时候，跟我大吐苦水，说她原本跟小林在同一条起跑线上的，可是她如今却落下了那么远，再也追不上小林了。

当初一众朋友劝说小周跟小林不要再继续写匿名时的情景还历历在目，小周是一个自制力不太强，又没有勇气改变现状的人，然而她不愿改变，这个世界却在变，她不变，世界便会抛弃她。

所幸小周还年轻，现在醒悟也不晚。

我便对她说：“不要跟别人比，人只要跟自己比就行了，给自己定一个目标，从现在开始努力，做好每一件事情，每一个细节都不能忽略，过一段时间你再看看，你是否离你的目标近了。”

我的话不知道小周有没有听进去，但后来的小周确实有在努力，她开始写实名的策划案，虽然屡次被打回来，但她没有放弃，坚持继续写，渐渐地，终于开始有些成绩了。

虽然因为起步晚了那么久，始终差小林很多，但相较之前，她也是进步了许多，往后的路还很长，只要她不放弃，以她现在的状态，以后必然也不会太差。

所谓眼光决定格局，格局决定人的一生。

不要愁苦地面对自己的工作，不要用消极的态度看待自己的工作，你不把它往好往大的方向去想，只甘于面对眼前的一切，不勇于去改变，浑浑噩噩虚度光阴，再好的工作也不会有什么好业绩。

而同样平凡的工作，看似简单，枯燥乏味，一个石子扔下去一点波浪都不会有，可是有人却能以快乐的心情面对，在平凡中感知不平凡的未来，在简单与繁复中构筑自己的梦想，这样的话，有什么困难是克服不了的呢？

作为现今社会的女性，若想在这浮世中昂首前行，我们便不能甘于平凡，贪图眼前的安逸，要将视野放宽，目光放长，心放大，跟随世界的脚步一起前行，一步步积累，暗香沉淀，让生命绽放出最优雅从容的姿态。

第五节　属于你的精彩在何方

我们工作是为了什么?

有人会说，我工作是为了赚钱。

也人会说，我工作是为了养家。

还有人会说，我工作是为了证明自己不是个只会依赖别人的废物。

……

这些人的状况，绝对是真实存在的，我们不难从他们的语气里听出一丝对人生和命运的无奈。

而这些人往往也有相似的状况，薪资一般，工作环境似乎总有不尽人意之处，他们每天上班都感觉不到快乐，每天做的事情都没有任何激情，忙碌的工作像一团乱麻让人倍感痛苦，度日如年，生活呈现一片灰色，没有任何光鲜的颜色。

这一切，都归根于这个工作本身不适合你，或者不是你内心真正想要的。

村里有位满头白发的老人，他每天都会悠闲地坐在一棵桑树下面，一边乘凉，一边编织各种手工，都是即将失传的传统手工，精巧又复古。编织好的手工艺品一字排开，供游客挑选。由于都是市面上很难见到的手工，别致又稀奇，可以称得上是巧夺天工了，吸引了大量国内外的游客前来挑选购买。

有一天，一位非常精明的生意人来旅游的时候，无意间看到了老人编织的手工，他脑子里立刻开始盘算，觉得这里面满满都是商机。

这样精巧又快失传的技艺最值钱了，如果运到大城市里，甚至运到国外去卖，肯定能获得数倍的利润。

在心里打算一番过后，生意人抑制着内心的激动，对老人问道："这手工编织品多少钱一个？"

"十块。"

老人冲他微笑了一下，然后继续低头编织着手里的手工艺品。他姿态闲适，嘴里还哼着地方小调，悠闲得就像在这里度假似的，每一刻都像在享受美妙的心情，让人完全感觉不到他这是在工作赚钱。

生意人心中一喜，这样精巧繁杂的手工编织品十块钱一个，真是绝对的物美价廉，回头还真能赚不少，能不能发大财可就看这一次了。

本着做生意的谈判准则，生意人不动声色跟老人商谈道：

“如果我在你这里订一万个手工艺品的话，你每个给我优惠多少钱？”

做生意的，谁不希望有大生意来呢？老人在这里一天顶多卖几十个，他一下子就订一万个，想必老人一定万分欣喜吧？

可是老人的反应却让他大跌眼镜，只见老人微微皱着眉头说道：“如果是一万个的话，那每个我就要收二十块钱了。”

二十块？！不降反而涨？！把他当傻子呢？！

生意人很是不甘，冲着老人大叫：“为什么？我一次性订那么多，你反而还要贵一倍？！”

老人摇了摇头说道：“我每天吃完早饭来这里编点手工，做些熟能生巧的事情，吹吹风，哼个曲儿，这对于我来说是一种享受，可如果要我一下子编一万个出来，我就不得不日以继夜地工作，不仅加重了我的精神负担，我身体也会过度疲劳，我承受了这么多，难道不应该给我加点钱吗？”

朋友看完这则小故事，立刻笑着说，在这个竞争如此激烈的社会上，又有谁能够做到像这个老人一样任性？能够这般恣意地去做自己喜欢做的事情，随心所欲？

然而，做一件自己喜欢的工作，为了让自己开心去做，真的有那么难吗？

对于自己的职业生涯，很多人是持模糊概念的，尤其在现今的社会，也难免还有不少的女人，抱着终归要嫁人生子的想法，对工作没有太大的热情。等真的嫁人生子之后，又发觉跟这个社会格格不入，再想好好工作的时候，却又是一片茫然。

所以，女人的首要任务，还是应该对自己的职业生涯好好做一番规划。

首先，我们一定要知道什么工作才是最适合自己的，什么工作是自己打心底喜欢的，这种喜欢应该是在精神上最纯粹没有杂质的喜欢，而不是冲着金钱名利去的。

很多人迫于经济压力，在去工作之前，认为只要有超高的薪水，就一定会有激情。可是付出和收获往往成正比，因为不是喜欢的事情，总归没有太大的激情，薪水也不会高到哪儿去，于是就造成了恶性循环，越来越不开心，心里的不满越发膨胀。

美国某名牌大学曾做过一个调查，在 1500 名初入社会的青年中问询，他们在选择自己的工作时，是因为爱好，还是因为赚钱。有 1300 名学生回答是因为赚钱，剩余的 200 人回答是因为爱好。这项调查整整进行了五年，五年后，这 200 名学生中有 80 名事业有成，成为富翁，而剩余的 1300 人里，只有一人成功了。

当然，我们并不能完全以获得多少财富，作为衡量一个人成就的标准，但这个调查从侧面也可以说明：

有时候，一心去追逐金钱名利的人，反而不能得偿所愿。

过分追求金钱名利的人，会妨碍他去刻苦学习与钻研，他们急功近利，急于求成，渐渐地，反而会让他迷失在金钱里，目光短浅，一叶障目，失去了自身远大的理想跟信念。

而单纯去追求自己内心之人，因为是自己喜欢的事情，他往往会将名利放在一边，静下心来，摒弃浮躁，用心去做，得到的成果就非常可观。

当工作不能成为我们心中所喜欢的事情，每天麻木地循环往复着，不仅会使人乏味，还会使人痛苦。然而，因为生存的压力，我们不得不为了一些利益而奔走劳累，但是，我们一定要认真去思考“除了钱我还想要什么”，只有做自己真正热爱的工作，才能得到自己真正想要的东西。

有位市长，草根出身，他曾是一名立过功的军人，也曾是一名只身涉险救过学生的好老师，经过自己的努力，一步步坐上了副市长之位，仕途一帆风顺，前途无量。但是在副市长的位子上坐了一段时间之后，他做出了一个让周围的人都大跌眼镜的决定，主动递交了辞职申请。

原因很简单，这份工作他不喜欢，每天的工作枯燥无味，这不是他真正想要的生活，他有另外的追求。

彪悍的他，毫不犹豫地离开了政府机关。

辞职之后，他白手起家创建了一家房地产公司，他很有生意头脑，在往后的十几年里，他站在中国房地产开发大潮的风口，凭着“忠义勤信”的企业宗旨，硬是将一家小公司做成了在省内排名前十的大企业，个人身家积攒到了二十亿以上，在省会城市最繁华的地段，都有他的商品房、办公楼、商铺……

当他的生意越做越大时，也有人还是会惋惜他的仕途。可是，他却一点都不觉得可惜，他坚持心中所想，让自己每天都过得快乐富足。

生意上的成功，并没有让他在这个世俗的大染缸里被浸染，当周围的大老板都在盯着年代久远的字画古玩时，他只爱去“垃圾堆”里扒个不停，寻找别人当破烂的东西，比如斑驳生锈的刀鞘，冰冷坚硬的钢盔，钢盔上面还有一个被洞穿的枪眼，成堆成捆的报纸、书籍……

后来，他还不惜卖掉他所有的家产，去建一座博物馆，将这些跟历史有关又不值钱的文物，全部收藏在里面，让人们永久地记住整个民族过去一百年的历史记忆。

他的人生轨迹让许多人赞赏，也感动了许多人。

在这个浮躁的俗世当中，他始终坚持自己的理想，再耀眼的仕途也没有阻止他，将自己兴趣发展成伟大的事业的脚步，再用事业的成果来回报社会。心存一缕幽幽沉香，用爱抚触这个世界。

再多的金钱跟名利在兴趣面前其实都不值得一提，金钱跟名利只是一个人的点缀，但是兴趣爱好却是一个人真正的灵魂，只有灵魂上的成功才能真正地成就你。

一个人能够坚持自己的兴趣爱好，绝对不是一件坏事，有些人不是害怕，他是真的茫然，不知道自己除了现在的工作之外还能做什么，觉得自己一无是处。但事实绝非如此，无论是谁，都有自己的长处，只是他自己没有发现，又或者被他自己给自我否定掉了，认为自己的这个长处微不足道、不值一提。

但是，如果他把这些所谓的微不足道的兴趣爱好重新拾起，再去悉心培养一番，或许将会有意想不到的收获。

姑娘们，找一份自己喜欢的工作吧，去追寻自己的初心，在一切没有着落之前，请先忘记一切生存压力，想一想，这辈子你想要的是什么，属于你的精彩在何方？

第六节　为自己争取安全感

对于女人来说，“安全感”三个字即使不经常挂在嘴边，也是埋进了骨子里，融入了血液中的，没有一个女人不需要安全感。

无论是爱情、友情，甚至亲情，我们都讲究安全感。

对于你来说，安全感是什么呢？

之前在朋友圈里看到几句话，安全感是：

我害怕黑暗，而你是光。

明知道前面是沼泽，我还是坚定地跟在你身后。

即使那个人不在身边，却能感觉整个城市都是他的气息。

诸如此类的话总是会得到不少女人点赞，好像知音说出了自己的心声，可见女人是多么需要安全感，尤其是陷入爱情中的女人。

然而，这样的安全感，都是因为他人才得到的，可是，这种给予式的安全感，偏偏也是最不安全的，因为，你永远不知道他什么时候又会收回去。

真正的安全感，是不依附任何人，精神上，物质上独立，不断增值自己，从而在内心建立起如城墙般坚固的安全感。

前段时间，闺密小江跟我视频聊天的时候，我诧异不已，视频里那个小江面色黯黄，黑眼圈重得跟熊猫眼似的，整个人毫无精神，完全没有她以前光彩照人的影子。

我心里有点唏嘘，小江以前可是我们闺密里面长得最漂亮的，从小到大，我们一致认为，她结婚以后肯定就是少奶奶。

事实上，小江的老公家条件也确实不错，父母均有单位，用不着他们操心，甚至有时候还能在经济上给他们一些帮助。老公是个IT男，工资不低。小江跟老公结婚三年，宝宝两岁多，她是位全职妈妈，完全不用愁一家人的生计，只要带好宝宝就行。

小江很少在朋友圈发有关她生活方面的信息，我们偶尔见一面，也会因为照顾宝宝的关系又匆匆分开，所以我对她具体的婚后生活其实也不是太清楚的，而这次也是她主动跟我视频的。视频中的她显得心事重重、闷闷不乐。

最近这一年来，小江觉得老公明显变了，晚上回家宁愿玩游戏也不陪她，上床就呼呼大睡，关于公司里的事情，他对她只字不提，有时候她问了，他也就回她一句“说了你也不懂”敷衍过去。小江凭着女人的直觉觉得老公外面有人了，可是无论她偷偷翻看老公的手机，还是偷偷跟踪老公，都没有发现证据。

最糟糕的是，她老公在发现她偷看他手机以后，对她大发雷霆，接下来好几天她老公都在跟她冷战。老公每天很晚才回家，即使回家也就偶尔逗下宝宝，就是不跟她说话。她这些天心力交瘁，成了我看到的这副模样。

因为老公对她的这种态度，她越发觉得老公肯定有问题。

可是，即使知道他有问题，小江也不知道该怎么办，她现在还是只能整天围着宝宝转，什么都做不了。她现在对自己毫无信心，连提出离婚的勇气都没有，离了婚，她舍不得离开宝宝，可是如果宝宝跟着自己，她又没法像现在这样好好地养育宝宝。

我问小江她从头到尾怀疑老公外面有人却一直没有找到证据，这是不是真的。她说是的，紧接着又说，她老公肯定有问题，不然不会这样对她。

我沉默了一会，然后对她说：“或许，你该找份工作了。”

小江站在自己的角度，她只看到老公变了，对她不好了，但是站在旁观者的角度，我看到的是，一个完全没有自信心的女人对老公产生种种猜疑。

小江不是个冥顽不灵的女人，相反，她很聪明。我这样一提，她立刻就明白了我的意思，然后苦笑着说，其实她知道自己的问题，从怀孕生孩子后，她整个人就变了，越来越玻璃心、疑心重、敏感，脾气也容易暴躁，即使老公每个月把工资都交给她，她心里还是没有安全感。

有的时候她自己都有些受不了自己，所以，她觉得她老公会出轨也很正常。

对于小江这种几乎自暴自弃的想法，我很无奈也很遗憾，且不提她老公有没有出轨，但我认为但凡是个男人，绝对受不了有一个时刻检查自己隐私的老婆。况且，婚后的小江几乎脱离了以前的圈子，她的世界就只剩下了孩子跟老公，这样的女人，怎能不多疑、不敏感、不玻璃心？她的安全感又从何而来？

小江也想过去上班，但孩子还那么小，一直都是她一个人带大的，孩子肯定离不开她。况且，她老公也不会同意她去上班的，当初从怀孕起，他老公就让她放下工作，专心养胎带孩子。

面对小江的种种忧虑，我给了她一个较为客观的回答：她的孩子将来一定更希望他有一个充满自信的妈妈。

大概过了半个月之后，小江突然在微信里颇为激动地说，她老公同意说服她婆婆过来照顾孩子半年，然后就送去读幼儿园，她就可以去上班了。

之前为了更好地照顾孩子，她老公是不愿意让她去上班的，如今变成支持她，她自然开心。

又过了几个月之后，我们几个好闺密一起聚会的时候，小江下班后也来了，她的到来引得我们一阵尖叫，她又回到了从前状态的她，漂亮，自信，全身上下好像都有光芒。

饭后去唱歌的时候，小江坐到角落里跟我说话，她告诉我，在她去上班找回从前的自己之后，所有的问题都渐渐迎刃而解。

因为之前对自己没有了信心，缺乏安全感，她总忍不住去猜疑老公，整天围着孩子跟老公，敏感又唠叨，久而久之，老公自然受不了。

她有了自己的工作，自然也就给了老公很大的空间，每天无论是在家里还是在外面看着都很是光彩照人。渐渐地，老公会把玩游戏的时间用来跟她约会，过二人世界，有时候在工作上或者朋友之间的一些问题，他也会主动提出来跟她商量，听取她的意见。

更重要的是，原本让她最担心的孩子，孩子奶奶也照顾得很好，现在他们在给孩子找幼儿园了，等孩子上了幼儿园就更好了。

小江说，这才是她想要的生活状态，当自己有了信心跟底气，自然也就不会害怕失去了。

如果是他人给予的，别人自然也有收回的权利，所以即使给予你的再多，你的心里也不可能有真正的安全感。

不要去把希望寄托在别人的身上，更不要去抱怨他人没有给自己安全感，能给予自己安全感的人，只有自己，如果你自己都不愿意为自己去努力，那么谁又天生有义务去为你努力?

一只站在树上的小鸟，为什么从来不会害怕树枝会断裂，它相信的不是树枝，而是自己的翅膀。与其每天在一个小圈子里转来转去，为琐事所绊，疑心他人，担心未来，不如现在就开始冲破内心那层因为害怕而自我筑起的城墙，尝试着为自己去努力争取；与其抱怨周围的一切，不如先纠正自己身上的问题，在人生这条说长不长说短不短的路途上，只有依靠自己的努力才能给你最大的安全感。

这个世界对女人是残忍的，在道德观念的绑架下，你必须生儿育女，也必须靠自己的双手去努力拼搏。同时，这个世界对女人也是包容的，相比封建时代，如今这个社会给予了女人更多施展才能的机会，只要足够努力，你便不会被淹没。

女人的不安全感大多来自自己不敢去尝试，不敢去努力，当一个人有了足够的努力与信心作为后盾，人生也就有了底气，若是美好就叫精彩，若是糟糕就叫经历。

第七节　你不要太心疼自己

有天，一个比我小两岁的小学妹跑来跟我说："我觉得我这辈子也就这样了，什么小时候的梦想，那都是在做梦，这个社会哪有我们这些没钱没势的小姑娘的出头之日啊。"

听着她无奈又控诉的语气，我顿时讶异不已。

一个才二十出头的小姑娘，这就看破人生了？这就对这个世界失望了？

其实像小学妹这样的姑娘并不少，年纪不大，心却"老"了。

事实上，每个人来到这个世界上，本无贵贱之分，我们既然来了，这个世界自然也会有我们的一席之地，这是任何人都没法剥夺的，除非自己放弃。

很多时候，我们总是习惯嘲笑自己生活不如意、工作不顺心、感情波折等等，可是，我们可曾看到过自己是否努力？

我们只看到别人外表的光鲜，去旅游时的随心所欲，却不知道，或许别人在这之前已经连续半个月加班。

知道吗？我们的痛苦不是源于自己的出身，也不是来自社会上的不公，而是来自我们对自己太过心疼。

小蜜从小家里条件不好，上面有个姐姐，下面有个弟弟，她是家里最不受宠的老二，家里条件本来就差，但凡有点好事，也轮不到她的。

从小到大，她总是吃最差的，穿人家穿不了剩下的，甚至读书用的笔跟本子都要省着用。

初中读了一半，还没有完成九年义务教育的小蜜就被父母逼着辍学，小蜜哭着求了父母好久，父母才答应她将初中读完。读完了初中，小蜜自己也知道，无论她再怎么求，父母都是不可能再答应她继续升学的，因为家里那会实在是太穷了，姐姐成绩好，不送太可惜，弟弟又是男生，家里砸锅卖铁都要送的。

初中毕业后，小蜜就去外地打工了，没文凭没背景的小姑娘只能去当服务员或是去工厂里做流水线工人。

服务员工资不高，小蜜选择去工厂里做流水线工人，做了差不多三年之后，小蜜在QQ里看着自己曾经的同学一个个还在学校里无忧无虑地读着书，心里羡慕极了，她低着头看着自己越来越粗糙的手，一股不甘从心底里涌上来。

她羡慕读书的同学，她想读书，她一定要读书。

她在当地报了一所成人学校，每天下班就开始抱着书本看，平时只要一有时间就自己学习。同龄的小姑娘们都顾着吃喝打扮的时候，她的世界里只有学习。因为读书，她很少去加班，工资一下少了很多，每个月还要往家里打钱，她只能自己省吃俭用，一个面包两个包子就是一顿饭，一套换洗的衣服就是一个夏天。

就在这样刻苦的坚持下，小蜜拿到了大专的文凭。

有了文凭，一直想去办公室里工作的小蜜一颗心开始蠢蠢欲动，机会很快就来临，办公室里缺文员，小蜜拿着文凭自荐，结果还真应聘上了。

她从车间转到了办公室，一时间让车间里的一众小姐妹羡慕不已，但是办公室里的工作也没有表面上看到的那样光鲜轻松。小蜜虽然有了文凭，但对电脑操作不熟，此后，她又不得不去外面报了个短期的电脑培训班，利用下班时间去学习。

小蜜即使去了办公室工作，也没有比以前过得轻松，而是每天都在与时间拼命赛跑，依然还是没有时间跟同事们去逛街。

电脑培训结束后，简单的办公软件再也难不倒小蜜，这让她轻而易举就胜任了文员这个职位。生活一向充实惯了的小蜜，在适应了工作之后，下班又一下闲了起来，一直想解脱的她，反而又不习惯无所事事地过日子。

办公室文员的职位虽然看着要比工厂流水线的女工们光鲜很多，但工资实在是太低，小蜜每个月都要寄钱回家，这样一来，她别说攒钱，就是自己花都完全不够，每天都过得紧紧巴巴的。

这让小蜜渐渐意识到，长期做个小文员也是一件不现实的事情，她在办公室里注意到，只有会计这个职位是有前途的，越久越吃香。

她决心考会计证。

有了之前的学习经验，她一个人自学完全不成问题，半年后，她拿到了会计证。但是厂里会计职位并没有空缺，她只能辞职，去了一个规模较小的公司开始做会计。

但是并不是拿了会计证就能一直做会计了的，要想自己更加有价值，就必须再考职称，于是，小蜜一边做会计，一边学习准备考职称。

在考职称的同时，随着年龄的增长，小蜜的父母开始为她操心婚事，小蜜在相亲中认识了未来的老公，两人情投意合，租了房子，在同一个城市打拼，很快俩人就结了婚，结婚期间，小蜜并没耽误自己的正事，把初级职称拿到了。

婚后不久，小蜜怀孕了，她坚持工作，也在这个时候，她突然又心生了另一种大胆的想法，她想把自己的英语学好，然后跳槽到一家规模大一些的公司，甚至是外企。要知道，大公司跟外企的待遇可比她现在好多了。

老公跟身边的朋友都觉得她不现实，劝她说现在主要的任务还是先把孩子生下来，其他的先不要想了。

谁都没有把她的想法当一回事，但是她心里却已经暗暗下定了决心，她并没有觉得这件事情不现实，她从流水线上的工厂员工开始走到今天这一步，从最开始起，所有的人都没有把她当回事，可是她做到了，她让自己成为了奇迹，既然已经走到了今天，再往上爬一层，又有什么不可以？

只要对自己够狠，就没有什么是自己完不成的。

从怀孕开始，小蜜的婆婆就千里迢迢过来照顾她的起居，生活上她不用操心。她大着个肚子，工作量也比平时减了不少，她趁着这些个空出的时间，开始自学英语。

除了坐月子那一个月，她基本每天都会看书背单词，就这样坚持了一年，她终于过了英语等级考试，有了这些基础，她开始去外企应聘。

虽然一开始被很多家公司拒绝，但在小蜜的坚持下，她最终还是被一家外企公司给聘用，工资待遇比以前提升了不止一倍，生活的圈子，接触的人群也越来越高端，她的身上越来越有光芒，气质内敛，心有沉香，嘴角微扬的弧度中，时刻衔着一抹自信。

小蜜的人生就像在打游戏，不断地打怪，不断地升级，只是，她打的这个“怪”并不是别人，而是她自己。她克服了自身的困难，不甘于现状，不甘于平庸，不停地充实自己，目光没有在原地停留，一直放远再放远，直到她越来越优秀，到最后成为了独一无二的奇迹。

因为年轻、稚嫩，我们缺少资历，难免落于人后，可是，也正因年轻，我们身上便有无限的激情，只要有激情在，便有无限的可能性。

虽然小时候的梦想很不切实际，但谁又规定了平凡的你不能做不平凡的事情呢？只要我们身体健全，只要我们还活着，只要我们不放弃，我们的人生自会精彩。失败又如何，那也是你身上独一无二的勋章，胜利也将向我们招手。

姑娘，该拼搏的年纪，不要心疼自己，对自己狠一点，再努力一点，克服那些你所认为的不可能，带着一颗充满斗志的心，昂扬前行，在黑暗中为自己呐喊，在浮世中使自己沉淀，坚持朝着梦想前进，终有一天，你将与最好的自己相遇。

第八节　手里时刻握着船桨

到了我们这个年纪，同学们早就开始陆陆续续结婚生子了，有的二胎都已经准备上幼儿园，我自己也不例外。

我有几个关系还不错的老同学，因为彼此都已经进入已婚妇女的行列，我们聚在一起总是有聊不完的话题，关于工作、夫妻、婆婆、孩子……每个话题都能聊上一天，但平时一年也难聚一次。

我们几个已婚妈妈都是有工作的，上班时间不能走，下班时间陪孩子，只有琪琪比较自由，她是全职妈妈，两个宝宝，婆婆在家帮着她一起带。

我们羡慕她自由的时候，她却一脸心事重重，忧愁地跟我们讲道："前段时间，我把两个孩子报的学校，还有兴趣特长班的规划列出一张给我老公看，我老公看都不看一眼，只说就这点事还让他操心，我难道都搞不定吗？其实我花了好长的时间，经过很久的参考，才把这份规划表列出来，只是让他看一眼，他都觉得麻烦。"

这样的态度，确实任谁都会很不爽、很难过，当然，我们也不好当她的面说她老公不好。

同学安慰她，或许是因为她老公上班压力大，所以心情很烦躁，不要跟他计较。

琪琪摇摇头，继续跟我们讲，就在昨天，星期六，老公不上班，她想着老公难得在家里吃饭，一定要给他做点好吃的。于是老公还没有起床，她就早早去菜市场买了菜回来，提着菜刚进屋，老公也起床了，看着刚进门的她顿时皱起了眉头，说了声："在家那么多时间也不知道去给自己买件好看点的衣服，穿的什么啊？"

短短的一句话，却像车轮一样，在琪琪的心头碾了一遍又一遍。

琪琪当时听着如同被雷劈了一下，她脑袋空空地低头看了自己一眼，一双拖鞋，一件宽松T恤，一条牛仔短裤，这是她平常的打扮，在家里她基本都是这样穿，做事才方便。

更何况，她做家务，带孩子，关注孩子的学习与成长，这一些琐碎的杂事已经让她恨不得有三头六臂了，她哪里有"那么多时间"空出来？

从前明明不是这样的，琪琪跟丈夫是大学开始恋爱的，琪琪长得特别漂亮，当时在学校里有非常多的人追求她，但是她选择了脾气最好、最体贴的明明做男朋友，毕业后就结婚了。琪琪人漂亮工作能力也强，事业顺风顺水的时候，她怀孕了，因为跟老公都喜欢孩子，对孩子的教育也格外注重，所以她辞职专门在家带孩子。

第一个孩子上了幼儿园，琪琪以为自己要解脱了的时候，又意外怀上了二胎，家人都劝她生下来，她也舍不得不要这个孩子，所以咬咬牙，也就生了。

可是，她跟老公的生活跟感情到底是从什么时候开始变质的，她已经说不清了，沉浸在这些琐碎的杂事当中，她找不到原来的自己跟原来的老公。

她突然后悔生孩子，一生还生两个，完全拖住了她的手脚，让她再也回不到从前。她很后悔但又无力改变，婚姻好像陷入了死局。

身为局外人，我们只能建议她先离开家庭，回到职场中，她的心情跟夫妻感情或许才会有所改善。

琪琪苦笑，说等二宝上幼儿园之后，她就去找工作。

结果，还没有等到二宝上幼儿园，琪琪就不得不离婚了，因为她亲眼看见了老公出轨。

更可气的是，出轨被抓个正着，她老公还理直气壮。

他说他一天到晚工作，养活这一家老老少少的人，他压力有多大没有人知道，枕边的人没法跟他分担，只有楚楚（小三的名字）才能让他感到放松，在工作上她可以帮他，在精神情感上她也可以给予他慰藉。

琪琪当时掐死这个负心男的心都有，可是她没有掐，因为她当时吐了，同床共枕这么多年，到那一刻她才真正地认识他，她替自己恶心。

离婚是不可避免的，因为经济条件不允许，本来想两个孩子都带在身边的琪琪最终只能忍痛割舍下大的，自己带着小的重新开始新的生活。

为此她消沉过很长一段时间，她不年轻了，离开职场这么久她也不知道自己还能做点什么，未来一片迷茫。可是生活经济的压力让她不得不真正地认清现实，接受现实，并且努力去改变现实。

为了工作，她只有重新开始学习，一边工作一边提升自己，也因为工作的关系，她不可能像以前那样不注意自己的形象，她开始收拾打扮自己。习惯使然，即使带着孩子出门，她都穿着精致、妆容干净。

尽管不再像以前那样年轻，可是她身上的气质越发迷人。

工作的成绩渐渐出来后，她有了一定的经济基础，自信也重新回来了，虽说一直单身，但身边的追求者却是不断。

跟我们相聚的时候，她也能毫无顾忌地打趣着自己，跟现在相比，以前那个全职主妇的她简直就像是她的前世，如今她重生了一般。

家庭对于女人来说是必不可缺的一部分，当然，少部分女人例外。一般情况下，很多的女人都会选择放弃自己的事业，全身心地投入自己的家庭中，为家庭付出跟牺牲自己最美好的年华。

通常这样的情况下，真正能理解心疼并且一如既往宠爱自己妻子的男人，少之又少。

毕竟在这个充满压力跟竞争力以及诱惑的世界上，有太多的变化跟未知数，我们一直在一个位置上没有前进，甚至是后退，这让一直在不停往前走的人，如何跟你同步同心？

女人为家庭付出很多时候是无法避免的一件事情，可是，当我们在为家庭付出牺牲的时候，也要让自己能够自力更生，至少时刻要保持自力更生的能力，这样即使有一天，婚姻破裂了，我们也依旧可以过得好好的。古时候为什么男人能够三妻四妾，那是因为女人的吃喝穿用都是靠男人的给予，这样的依赖与施舍的关系一旦成立，我们谈何感情公平？

网络上有句很流行的话：你负责赚钱养家，我负责貌美如花。

这句话听着很美好，言语中透着洋洋得意，但现实中，让一个男人养一个家，承担所有的压力，自己只顾着打扮和享受生活，同时还要求男人爱你如初，大部分普通人几乎不可能做到。

真正的现实是，活着就要有自己的价值，女人如果不自立，处于可有可无的状态，那么，跟不上步伐就会被淘汰。

爱情最初的力量或许可以冲破很多道障碍，但在时光中激情退却，便不会再有什么“有情饮水饱”了。

电视剧《我的前半生》里面贺涵对罗子君曾经说过这样的一段话：

陈俊生虽然在辰星这样的公司里做了三年的项目经理，但是他的学历不高，更没有像样的海外留学经验，再加上他现在这样的年纪，如果在未来的两三年里，他没有被一家像样的大公司相中或者挖走，或者在自己的公司里升职，那么他极有可能被他手下这些海归取而代之。一个男人是要尊严的，如果我是他，这些话我也不会跟你说，如果我是他，我也是这样一个前有狼后有虎家里还有一堆老小需要养的小项目经理，我也会对凌玲这样一个得力后援者动心的。结婚是为什么？不就是人生不易要找一个队友同舟共济吗？所以你必须承认，你已经不年轻了，不能靠刷脸去坐人生的摆渡船了，为了你的下一次恋爱，为了你的下一次婚姻，你的下一个男人，你要做一个有用的人。人家找上你，是要先看一看你手里有没有拿船桨的。

这个世界是公平的，即使对女性也不会太宽容，我们年轻的时候或许可以依靠脸蛋搭上一条还算便捷的船，时间久了，当我们逐渐贫乏的内在浮出水面，被人看得一清二楚，船已年久失修，而船桨也中看不中用了，那么这条船迟早都是会翻的。

婚姻是一艘船、一杆秤，手握船桨、相互平衡方能天长地久。

不管是婚姻还是与朋友之间的相处，其实也是同样的道理，我们一旦落于人后，他人必然不会停下来等我们。

如果以前的我们虚度或者怠慢了许多的光阴，没关系不要紧，从今天起，让我们摩拳擦掌，暗暗积攒起自己所有的力量，点燃自己的血液，重新整装出发，朝着最亮堂的方向前进，去追寻那个最美好的自己。奔跑在前方，让所有人的眼睛，都因我们而发光！

第九节　个人的优势无关美丑

昨天晚上有位读者跟我倾诉，说她因为长得不好看，求职四处碰壁，问我她该怎么办。

说实话，听完她的一番话，我愣了一下，这求职找工作，跟长得好不好看有什么直接关系吗？她难道去找的是模特之类的工作？

不应该啊，如果外形不适合做模特之类的工作，那就不是愁她长得好不好看的问题，而是该考虑换一份适合自己的工作吧？

总之，如果是普通的工作，那跟外形必然无太大的关系，我身边也有长得不好看的姑娘，但人家工作能力强，在职场长袖善舞顺风顺水。

我仔细思考了一下，才回她的话："你是准备做什么工作呢？一般情况下，对方只会注重你的工作能力，而不是你的外表吧？"

她很快就说道："人家觉得我太胖，影响公司形象，工作上面也会多有不便……”

太胖？

原来是因为这个原因！我很是意外，又觉得在情理之中，如果是因为胖的话，倒是可以解释得通了。

第一，身体太胖对于某些工作来说，确实会造成不便。

第二，普通微胖型的女人或者还能在理解的范围之内，但一个过于肥胖的女人，有些公司或许真的会考虑跟个人的自制力不够有关，从而将之筛选出来。

所以说，太胖与太丑，其实是两种概念。

她没有理清，混为一谈，然后，还把问题的根源归咎于——那些公司不过都是冲着颜值去的。

我跟她说道：“一个人的长相是天生的，但是肥瘦是自己可以掌控的，如果因为胖而让你屡次遇到挫折，那你有没有下定过决心，狠下心来让自己去减肥呢？当然，我绝对提倡健康的减肥。”

她说：“我有努力过减肥，可是每次都没有坚持到最后……”

“对，问题就出在你自制力与毅力不强上面，这个问题除了你自己，你去求职的那些公司也能看见，这才是关键所在，跟丑不丑没多大关系。”

跟这位读者的谈话也让我陷入了深思。

一个人长得丑，真的在生活上跟工作中会遇到很大的阻碍吗？为此，我私聊了好几个读者，得到了以下几种回答：

“作为资深丑女，我不得不承认长得美在很多时候确实会顺利很多，但是丑女也坎坷不到哪里去呀。长得好看会有什么好处我不知道，可是长得丑还是有不少的好处的。比如说，第一，做人讲究内涵，做事凭实力；第二，不用担心有人是因为你的外貌而接近你；第三，上学时我妈从来没有担心过我早恋；第四，工作出色上司赏识，同事们都认同我的实力，毕竟我可没有靠脸吃饭；第五，找对象不挑拣不矫情，人品过关合得来早早就把自己给嫁了；第六，爱我的人肯定都是欣赏我这个人的，都是真爱！还有很多很多我就不一一举例啦，不过这么多也足够了是不是？最重要的是，这些好处，长得漂亮不会有！”

“长得漂亮的人就不需要努力吗？不努力别人说你是花瓶，努力一点，人家说你靠脸蛋，一定要非常非常努力，才能被大家所看到、所认可吧！”

“怕就怕长得漂亮的人比我们这些长得丑的更努力！这才是丑女们最可悲的啊！”

“长得丑不是你拿来放任自己不努力的借口，不管长得丑或美，都需要努力！你的梦想跟目标，不是美丑就能决定结果的！”

不得不承认，我“采访”的这些读者一个个都是非常有才华的，看着他们的回答，我甚是欣喜。

可见，虽然我们处于看颜值的时代，大家对美都有一种向往和欣赏，无论是对同性还是对异性，多少都会有一些爱惜的情愫，但很多人更多的还是追求内在实质性的一些东西。

就像第一位读者举的例子一样，我们换一个角度来想，美貌在很多时候，其实是一件让人有负担的东西，甚至是多余的，没有美貌的姑娘，一样可以过得恣意顺心又精彩，多了些实际，少了些猜忌。

当然，这些不能成为“安慰”一些在长相上没有优势的姑娘的话，要知道，还有些姑娘很是“不知足”，即使漂亮，她也认为自己身上还有很多的不足，所以努力去完善自己，让自己变得更好。

我身边其实就有很典型的两个例子。

我有两个邻居，一个叫玲玲，一个叫阿妹。玲玲个高，皮肤白皙，五官清秀，身材纤细，气质也不错，全身上下几乎挑不出什么毛病来。阿妹呢，个子不高，一米五六的样子吧，目测有120斤，五官长得也一般，脸上肉肉的，长得也偏成熟，明明二十出头的小姑娘，却经常有陌生人问她孩子多大了。

玲玲作息时间非常规律，早上五点半起床，天气好的情况下，六点准时出门跑步，跑一个半小时，回家洗澡吃早餐，然后准备上班。晚上下班后，我也经常透过她家的窗户，看见她在跑步机上运动。星期天的时候，她也很少有宅在家里的时候，经常背着旅行包约着一群朋友去户外运动，爬山、骑自行车、游泳、野餐、露营等等，每个星期天她都会让自己过得丰富多彩，绝对不会让自己闲下来。

而阿妹呢，她的工作是网站编辑，不坐班的，每天宅在家里，吃喝拉撒上班全在家里搞定，我见过她宅过最久的一次，半个月都没出过门。短短一年的时间，她胖了很多，每次看见她，黑眼圈重得跟熊猫似的，没有一点精神，长得本来就一般，这样的状态更别提有什么气质可言了。

小区里有好事的大妈劝她多出去动一下，她都只是笑一笑，只说："没时间。"

我有阿妹的微信，经常半夜还看到她在更新刷刷的朋友圈，对于她的这声"没时间"，我只是无奈地笑了笑。

一个生活没有规律的人，确实安排不出时间来运动。

以前我也有喜欢熬夜写文章的时候，后来发现这样对身体实在是伤害太大，我也就开始向玲玲学习。虽然我做不到像玲玲那样，简直就是健身达人，可是把时间规律起来，每天花点时间运动下，身体素质确实要比以前好多了。

更重要的是，除了阅读跟经验能提升我们的气质，运动同样能让我们的气质更佳。

说到玲玲跟阿妹，我就深刻体会到了之前那位读者说的话："怕就怕长得漂亮的人比我们这些长得丑的更努力！这才是丑女们最可悲的啊！"

无论是漂亮或者不漂亮，我们都不该让自己懈怠。

漂亮的人，要持之以恒地保养才能让美丽更长久，同时也要有一颗足够丰富的心，才能撑得起你所拥有的美。

不漂亮的人，上帝为我们关上一扇窗，自然也会为我们打开另一扇窗。不够美，没关系，我们努力让自己变得更好，胖就减肥，黑就美白，不会化妆就去纹个眉，想摘掉近视眼镜就去做个矫正近视手术，想要眼睛更有神就戴个美瞳，这些微微的调整也是无可厚非的事情。当然，真正的伤筋动骨把自己整得面目全非这种行为我是不赞同的，追求美丽的同时，我们也要保持自己最初的面貌特色，那才是我们独特的自己。

长得漂亮是天生的，活得漂亮才是自己的本事。

每个人的优势其实无关美丑，不管漂不漂亮，都有利与弊，不要过于消极，也不要过于自满，在人生这条漫漫长路上，

没有最好只有更好，没有最差只有更懒。不管我们手中握着的是什么样的筹码，人无完人，我们只有不断地完善自己，才能活得漂亮，才能在这个浮躁的世间，觅得一缕属于我们自己的沉香，芬芳馥郁一生。

第十节　掌握好手中的“利器”

闺密一度想辞职，原因有很多：第一是工作氛围太差，每天按部就班，死气沉沉的，完全感觉不到激情；第二领导是个工作狂，在他手底下干活的同事们一个个叫苦不迭，别说上班不能喘口气，就是下班时间，也得必须领导随叫随到，关键还没加班费；第三是她觉得在这个公司里没什么前途，整整三年了都没有涨过工资。其实不只她，她身边的同事也都处于这种状态，对公司看不到希望，上一天班算一天，工作完成得勉勉强强，部门业绩显然逐步下滑，就等着找到了下家，立刻辞职。

同样的，在准备辞职的期间，闺密已经开始为下一步工作开始筹划，并且都开始准备去租房子了。那段时间，她忙得都没怎么跟我们联系，后来等一切尘埃落定再跟我们联系的时候，我们都好奇她去了哪里上班。

她却告诉我们，她其实并没有辞职，反倒是她老板把他们的部门领导给辞了，现在换了个女领导，所以工作比较忙，不过现在好了，都稳定下来了。

我们都很奇怪，难道换了一个新的领导，她就不打算辞职了？

闺密说，自从换了新的领导之后，他们办公室的氛围一下就变了，新来的领导心思活跃，很善于调动员工们的情绪，感染力很强。当然她也不是做做样子，说几句好听的话，她用实际行动也证明了，她确确实实是干实事的。

第一，在工作上，新领导让整个办公室的氛围焕然一新，经常积极地组织各种活动，无论跟工作相关或不相关的，总能将同事们的情绪都带起来，让大家对工作充满兴趣。渐渐地，大家都不是为了工作而工作，而是觉得工作起来非常有意思，干得有劲，也很有意义。

第二，新领导来了不到三个月，她们这些资历久的员工就涨了一次工资，部分工作出色的，甚至还涨了两次。

上班氛围好了，工资高了，领导善于上下沟通调和，组织各类活动，处处为同事们着想，同事们自然也都不会想着辞职，工作起来也比以前要有干劲多了，业绩又渐渐重新回升。

闺密跟我们分析说，现在这个时代，其实女人比男人在职场更有一定的优势，当然，前提是这个女人一定要有情商。

是的，闺密的前领导是一位海归精英，工作能力各方面其实都挺强的，最重要的是，他处处为公司的利益着想，做事规矩本分，绝对不能说不是一位好员工，只是他智商可以，情商却有所欠缺，完全不为他人着想。

他是个工作狂，自然把工作的利益看得很重，为了工作而工作，却又忽略了手底下同事们的一些应得的利益跟逐渐不满的心情，从而导致手底下的同事们怨声载道。时间一久，这些怨声自然会传到老板的耳朵里，跟众员工相比，老板自然会选择放弃一位让员工们积怨颇深的中层领导。

后来，新任领导很快上任，让人意外的是，领导是个女的，那个时候，整个办公室都处于消极状态，大家并不认为一个女人能挽救这种局面。她上任之后，虽说工作各方面都需要磨合，但很显然，新任领导上来并没有展开新官上任三把火的套路，她一来就请大家吃饭，饭桌上同事们都拿捏不好新领导的用意，但她却像对待老朋友一样，对所有的同事一律自来熟，没有丝毫的不自在。领导完全没有架子，同事们也渐渐放开，一顿饭吃下来，大家对新领导多了几分认识，少了几分芥蒂。

新领导上班跟休息时间完全是两个状态，上班的时候就像女王一样，做事果断利索，说一不二，但一到休息的时间，她又能跟大家嬉嬉闹闹玩到一起，该严谨时严谨，该轻松时轻松。

最重要的是，只要是没有犯过错的员工，她一律都会给予奖励，各季新鲜的水果，一箱又一箱送给同事们，犒劳他们，并且还涨了工资，比以前平均涨了三分之一，办公室士气一下就上涨了，闺密及同事们自然也舍不得辞职了。

不久后，闺密办公室整个团队因为工作中发生了一起意外，造成了不小的损失，大家都以为他们整个团队的人即使不被开除，也绝对会赔偿相应的损失，就算人多，平均分摊下来，众人也难以承担，整个团队一片愁云惨淡。

他们完全没有想到，领导为了他们再三去找老板沟通，为了整个团队不赔偿巨大的损失，领导以自己的工资以及年终奖作为保证。

她跟老板说，只要老板不计较这次意外事故，他们这个团队一定会加倍努力，让今年的业绩量成为整个公司的第一，如果做不到，到时候老板再辞了他们也不晚，她一年的工资跟奖金作为公司的赔偿。

领导的这个决定让整个团队的同事很是震动，为了不让领导失望，他们整个团队以前所未有的团结努力，经过大半年的奋斗，业绩果然位列公司第一。

年终的时候，老板非但没有计较他们之前的过失，发给他们的年终奖更是前所未有的丰厚。

很多时候，当我们去抱怨他人总是不能如自己的心意，工作生活哪哪都不顺心，各种怨天尤人，却很少有人去归根究底追其原因，真正去领悟付出跟收获是成正比的这个道理。

要知道，这个世界上没有谁高谁一等，哪怕是领导或者长辈，都没有无条件使其他人遵从其心意的资格。

关爱晚辈的长辈自然会备受尊重孝敬，设身处地处处为下属着想的领导，自然能赢得下属的衷心。

想要收获，必先付出，赠人玫瑰，手留余香。

在职场上，女人跟男人相比确实较弱势，但是同时女人也有一定的优势。女人的情感往往比较细腻敏感，善于观察沟通，手段不够，情商来弥补，做不到雷厉风行没关系，女人可以动之以情，晓之以理，诱之以利。

用真情换他人真心，以理服人，再以利益相辅助。

掌控了这一点，也等于手握利器，能够解决许多的问题跟难关，虏获住人心，所向披靡。

一个人工作能力再强，可如果眼里只有自己，那他一定不可能成功，水能载舟亦能覆舟，不得人心，终将走向毁灭。

一味地索取压榨，得到总是很有限，相反，我们用行动来感动他人，换来他人的真心，让人心甘情愿地付出，往往会让我们充满惊喜。

大胆地付出吧，不要害怕没有回报，也不要付出一点就迫切想要回报，细水长流，你要有足够的耐心、信心，以及真心。

一个愿意付出的女人，岁月一定在她的心中填满沉香，她自信优雅有涵养，不惧流年的洗礼，不惧浮世的冲击。付出跟所得，不过一场因果的轮回，我们爱这个世界，这个世界必然也能回馈我们。

第十一节　为自己大胆一回

前几天，和几个女性朋友一起吃饭，中途聊到了各自的现状，都感叹生活无趣。每天按部就班，如同人生都被规划好了一般——年少时要专心读书，任何与学习无关的梦想与爱好，都会被父母以妨碍学习为由禁止，视为不应该做的事。毕业后，有时间可以重新拾起自己的爱好，却又因为生活所迫，只能选择一份稳定的工作，过着朝九晚五两点一线的生活，然后在合适的年纪里结婚、生子，面对各种家庭琐事，活得既苍白又乏味。

我问她们，既然这样，为什么不做些自己想做的事情，找回曾经的梦想。

朋友A说，天天忙得跟个陀螺似的，精力有限，空闲的时间得来不易，更愿意看会剧，刷刷朋友圈，做点不太累的事情。

朋友B说，没有条件，连生活都成问题，谈什么梦想。

我哑然。

其实她们的想法，无论是在我们这个圈子里，还是在整个社会中，都很常见。

随着生活节奏越来越快，物价越来越高，大多数人都没有时间和精力去谈梦想、谈爱好、谈兴趣，唯有拼命地工作与学习，才能让自己不必为吃不饱肚子而发愁，不会落后于他人。久而久之，更被道德枷锁与根深蒂固的观念所束缚，渐渐敛去了自己的本性，变得小心翼翼，不敢行差踏错一步。然后日复一日地如同死水般活着，碌碌一生，却又会在心中羡慕他人可以将自己的爱好当成工作，活得有滋有味，与众不同。

诸如此类，各种各样的原因，更像是在说服自己不去走那一步的借口，是给自己的懒惰与散漫找个能被人认同的理由。

人的一生，长长短短几十年，总要有那么一个时刻，抛去自己内心的胆小与懦弱，拿出一些勇气与敢于冒险的精神，去做那些曾经想过，却没有付诸行动的事。

最近闲来无事逛微博，看到了我一个朋友之前出版的一本书要被拍成影视剧的消息。虽然现在这年头，小说改编成影视剧并不少见，但这也是实力的一种证明。我又细细算了一下，才惊觉她这些年来，已经不断地出了十来本书了，更有几部改编成了广播剧、漫画、游戏等等，这对于一个没有读过大学的女孩来说，除了不懈地坚持与努力，我想不到还有其他的原因能让她拥有今天的成就。

她叫小笙，是个性格比较文静内敛，骨子里却有自己坚持的姑娘。

小笙是家里的老大，除了有一个小她一岁多的妹妹以外，她还有两个相差十岁左右的双胞胎弟弟。

小笙从小就喜欢拿起笔在纸上写些东西，把自己想要表达的都写在文章里。初中时期，她的作文更是常被语文老师当成范文在班上念，那个时候，她的梦想渐渐萌芽，只是尽管作文很出色，但高考的时候她还是落榜了。

双胞胎弟弟大了，爸妈经济压力大，落榜之后去打工是像小笙这样的农村孩子唯一能走的路。

小笙来到城里父母的身边，在父母的帮助下找到了一份很普通的工作，每天浑浑噩噩，但心里的那个梦想她一直都没忘，空余的时间她就喜欢写东西，经常很晚都舍不得睡觉。

然而她妈妈一点都不看好她写小说，因为她刚开始写小说时没有任何收入，觉得她把下班后多余的时间用来写小说故事纯属浪费，还不如去外面找一份兼职，替家里多赚些钱。

妈妈的话让小笙很伤心，她觉得自己一点也不被理解，他们甚至觉得赚不到钱的事情，做起来没有任何意义。可是，怎么会没有意义呢？对于小笙来说，写作能够让她觉得快乐，让她觉得自己的人生也能够与众不同，非常有意义才是！

为了不让妈妈再继续念叨她，她谎称自己找了份下班后可以做的兼职，每天吃完了晚饭，就跑去网吧里写小说，常常到深夜才回家睡觉。没多久，她这样的行为就被妈妈给发现了，妈妈跑到网吧来找她，很生气地把她揪回了家里，之后便对她严加看管。

有那么一段时间，小笙确实想过要放弃梦想。可就在这个时候，一个好消息又坚定了她坚持下去的信心。她的一部稿子被出版社看中，要跟她签约出版，这也实现了她从小想将自己写的东西变成铅字的愿望。

小笙拿着第一笔微薄的稿费给家人买了礼物，一直不同意她写作的父母终于稍有缓和，至少在看到她写作的时候，不会再说她了。

随着第一本小说出版，小笙越发勤奋地努力写作，同时也有越来越多的编辑来向她约稿，她的能力得到了圈内的认可，毋庸置疑的，她是一位很有天分的小说家。

然而她白天上班晚上写作，时间紧迫不说，完全不能让她更好地发挥水平，她觉得她的时间应该用来做让她觉得有意义的事情。上班虽然可以赚到钱，但是她感觉不到任何的意义，甚至还会影响她写作。于是再三权衡之下，她决定向上班的公司提出辞职，专职写作，她想把更多的时间用来做跟梦想有关的事情。

毫无意外，她这样的决定，遭到了爸妈的强烈反对，就连她的男朋友也一点都不支持她。

他们没有一个人觉得写作是个正当的职业，就算有稿费，那也比不上有稳定收入的工作。之前小笙工作上班加兼职写作，多了一笔经济收入，可以贴补家里的各项费用，让他们觉得轻松不少，这万一要是辞职了，她写小说收入不稳定，收入非但不能贴补家用，还要吃家里用家里的，不是更添负担？更重要的是，她辞职了，未来婆家肯定也不喜欢将来有个“无业游民”的儿媳妇。

父母的担忧确实有道理，小笙的男朋友和她也快到了谈婚论嫁的地步。男朋友的爸妈不怎么委婉地表达了他们的想法，如果小笙觉得原来的工作工资不高，他们可以替她找一份薪水更高的工作。只在家里靠写作赚钱的话，像个无业游民，会招惹亲戚邻居闲话的，他们可不想成为亲戚邻居议论的对象。

总而言之，未来公婆绝对不接受她辞职做一个“无业游民”。

小笙想要全心全意写作的这个愿望，几乎遭受到了所有人的阻拦。然而，这一次，小笙没有听从爸妈的意愿，更没有接受男朋友爸妈的提议，拒绝了他们提供给她的工作机会。即使没有一个人支持她、看好她，她还是要坚持做自己想做的事情。

她果断地辞掉了工作，为了能够更静心写作，不被家里人打扰，她同时搬出了家，不再和爸妈住在一起。之后没多久，小笙的男朋友劝解无效后，最终也选择了和她分手。

写作本身是一件很孤寂、很煎熬的事情，加上亲人的不看好以及男友分手的打击，小笙很长一段时间都是非常痛苦的。所幸的是，在最痛苦的时候，她没有放弃她的梦想，一步步朝前走，最终看到了曙光——

她的小说被影视公司看中，改编成影视剧，然后一发不可收，她的作品陆续被改编。除了荣誉之外，她在经济上也得到了很大的改善，不仅贴补家用，甚至凭着自己的一己之力买房买车，让周围的人好生羡慕。

很多时候，我们往往会把现实作为阻碍梦想实现的理由，事实上，梦想跟现实也确实是分不开的。但是，你要有一个信念，梦想是为了让你的生活过得更美好，让你的人生更加精彩而产生的。

梦想跟现实的融合，并不是一件艰难而不可能的事情，只要你有绝对的能力与信心，那就不要放弃自己心中的信念。怀揣满腔热血，跨过艰难，熬过孤独，战胜那个懦弱胆小的自己，朝着梦想前进，梦想也终将走进现实里。

最后，或许还能像小笙一样，最终名利双收。

我们每个人来到这个世界上，必然都会有自己的用武之地，庸庸碌碌是一辈子，热血沸腾也是一辈子，我们为什么要把自己变成工作和赚钱的机器，而不能让自己为了梦想不顾一切一回呢？

成功也好，失败也罢，至少我们真正年轻过，精彩过。

可是很多时候，我们却是那种因为遇到一点点的困难，就选择放弃的人。再不然，就是有时间，都宁愿去做点不花费脑子，不浪费精力的事情。只有寂寞空虚的时候，才来道一句生活无聊，谈梦想就是扯淡之类的话，而之后，又周而复始地过着每一天，规规矩矩地工作赚钱，从不曾想过去实现自己心中所想。

但其实，我们只是被自己内心的懦弱和来自家庭与经济的压力给束缚住了，只要我们拿出一点点的勇气，也不需太多的时间，每天一个小时就已足够。更不要惧怕任何的艰难险阻，不懈地坚持下去，我们想完成的梦想，我们想达到的高度，一定会离我们越来越近。

因为我们每个人的潜力都是不可限量的，坚持下来，就是奇迹。

哪怕自己没有天赋，不会有特别大的成就，可我们为之努力的那些时光，也会成为你人生中最明媚的一道风景。

人生最可悲的事情莫过于空怀梦想，虚度光阴，与其成为工作的机器，在枯燥的生活里一天天消耗着自己有限的生命，不如抛却身上所有的枷锁，为自己努力一回。无论成败，那段热血沸腾的日子，终将沉淀为我们人生中最精彩的记忆，沉香弥漫，一生回味。

第十二节　我们努力不是用来感动自己

小欣喜欢在朋友圈里更新生活状态，几个月前，她发了一条朋友圈，立誓要减肥，朋友们纷纷在底下鼓励她，使得她更加斗志昂扬。

当然，小欣也不是说着玩的，接下来，她每天都会早早起来去跑步，晚上还要去健身房健身一个小时，这样坚持了一个月之后，小欣跑到朋友圈晒体重，相比一个月之前，她还胖了三斤。

她很是沮丧与愤愤不甘，在朋友圈控诉：为什么我这么努力运动，却还是瘦不下来？！

朋友圈里的人对于这个结果，显然丝毫不意外。

同学绮梦在底下给她留言道：每次运动完之后，你就大吃特吃，吃的比消耗的还要多，敢问，你怎么瘦？

原来小欣在这段时间除了在朋友圈各种晒健身之外，还各种晒美食。

一边努力，一边任性，最后的结果当然只会带给自己失望，有因才有果，是她不够努力，也是她亲手毁掉了自己的努力。

很多人看起来很努力，每天拿着书在看，但是手机却没有离过手，等到考试的时候，才发现每天的“坚持努力”根本就是在虚度光阴。

年轻的我们，未来的路程还很长，每个人都知道自己要努力，可是我们真的知道如何去努力吗？当我们感动于自己那么辛苦，那么努力，一定得有回报的时候，可有想过，我们真的是在努力吗？

以前有个小作者通过某种通讯方式联系了我，她年纪轻轻的又刚进这个圈子，什么都没有，就只有满腔的热情，从她的身上，我看到了自己曾经的影子。所以，当她找我帮忙给她写的东西提下意见或者建议时，我也就答应了她。

她第一次给我看的时候，情节暂且不论，十句话里有九句都是有语病的，根本就读不下去。

本着和善做人的原则，我看在她是新人的分上，没有说重话，只是让她多看多写多练。

过了一段时间，她又拿了一段文字给我看，语病照样多，但是这次的情节发生了一些变化，我总觉得有些熟悉，仔细一想，这不就是那会最火的一部偶像剧剧情吗？

我突然觉得是不是自己误导她了，我让她多看多学习，她完全把我的话领悟成了要抄袭?

尽管心里不舒服，我还是对她说，她语句还是有问题，再多修改一下，另外情节最好不要跟别人撞车。

听完我的话之后，小作者满怀斗志下线修改去了。

后面她又找过我一次，然而我当时没空，就没及时给她看，过了几天我才看，看完心里说不出是什么滋味。情节确实有调整，但就是两三部偶像剧糅合在一起，看着简直四不像，文字也变了，她想尽了办法在语句中加了一些繁复的修饰词，大概想以此来提升她的“文笔”，然而，让人读着很是头疼。如果这是一篇我无意搜寻来的文，我一定看一眼就会删掉。

我看完不知道该怎么跟她说所谓的读后感，我还没去找她，她就来找我了，发了一堆哭泣的表情。她告诉我，她投了两家出版社，但都被退稿了，她不甘心，跟我说她明明那么努力，熬了好几个通宵，每一句话都努力去修饰好，剧情调整了再调整，为什么还会被退?

我正在琢磨安慰跟劝解她的措辞，她已经发来了一连串她这些天如何如何辛苦地改稿，如何如何辛苦去请教别人，就连剧情她也如何如何反复打磨。

她似乎已经完全被自己的努力感动了，然后对这个结果没法接受。

我突然失去了安慰她的心情，因为我觉得不需要，我的言语对于她来说都是苍白的，她肯定听不进去。

后来我只跟她说了一句：如果你真的喜欢写字，那就继续好好学习研究，重新来过，不要把自己逼得太紧，欲速则不达。

后来这个小作者又找过我，我却没有再理会过她，因为经过这些事情我发现，她除了年纪之外，并不像当初的我，那么纯粹地喜欢文字。

她一再强调自己有多努力，然而她的努力就是去把别人的东西努力拼凑成自己的，语句最基本的通顺问题她没有去解决，反而为了“证明”自己的文采，去搜集一些繁复的词往语句里堆积。

这样的努力有什么意义可言？

或许真应了日剧《*Legal High*》里面的一句台词：越是工作做不好的无用之人，就越是会主张自己有多努力。

其实不管是工作还是生活，甚至是爱情，这些确实都需要努力，但绝对不需要营造出一个斗志昂扬的形象出来感动自己，更不需要一再强调自己有多努力，往往一旦我们过于强调，结果反而会不尽如人意。

我们要知道，在这个世界上，很多时候很多事情不是我们努力了就一定能做好的，有时候我们的失败，我们的无为，可能仅仅只是在错误的事物上，花费了太多的时间。

记得以前有位女同事叫苏苏，很年轻很清秀的一个姑娘，个性直率又执着，经常有什么话都会跟我们几个要好的同事说。那会苏苏喜欢上了一个人，但是那人对她热情不高，甚至有一次很委婉地跟她说，他喜欢的不是她这类的姑娘。

然而苏苏一发不可收拾，努力把自己往他喜欢的那类姑娘去打造。她把一头利落的短发留长了，从前不爱穿裙子的她，也开始天天穿着淑女款式的裙子上班，甚至还开始学着下厨，每天中午把她做的便当给我们尝，等我们都说好吃的时候，她就去送给那个人吃。

可是过了一段时间，苏苏哭着回来告诉我们，那个人神不知鬼不觉地交了女朋友，如果不是在路上偶然遇见他跟他新女友在逛街，她压根都不知道。

其实这样的结果我们都能预料到，当初那个人说她不是他喜欢的那类女孩时，我们就已经知道那个人是在拒绝她了，可是她要把自己努力往他喜欢的那类女孩去打造，不撞南墙不回头。

苏苏并不是个喜欢钻牛角尖的姑娘，事情发展到这种地步，她一下子就想明白了。

并不是她努力得不够，而是她根本就不需要努力，因为他就是不爱她而已，不是她努力，就能打动他的心。

但是如果她把她的努力，放在一个爱她的人的身上，结果会很美好。

在一件错误的事情上做再大的努力，它的结果也只能是错误，对一个不爱你的人做出能感动全世界的努力，也未必能感动那个不爱你的人。

努力，不是我们用来标榜的旗号：

在减肥时一边健身，一边不节制地满足食欲；在陌生的领域里做着投机取巧的勾当；面对一个不爱你的人却死缠烂打……

在努力之前，我们必须找准自己的定位，不需要站在高台上碌碌无为地努力，只要找一个适合自己的目标，沉下心来往前走，不浮躁，以平和的心态脚踏实地走下去，那样的我们，才是在做正确的努力。

第二辑

魅力涵养：把自己雕琢成最美的艺术品

对女人来说，什么东西才是不会从手中溜走的？

是房子，车子？是男人？是美貌？抑或是金钱？

不，在漫漫的人生之路上，这一切都将有变数，而别人永远拿不走的，是你的个人魅力与涵养。

“美”是女人一生都不能停的追求，外表的美丽、心灵美，还有气质美……

外表的美是一种视觉上的享受，也是一种最直接的美；心灵上的美，是在黑暗中开出的花，看不到摸不着却让人能嗅到淡淡的香气，无声无息地愉悦人心；气质上的美，就像一块质地温润的玉，经过时间的打磨，越发迷人……

当我们从内而外越来越漂亮的时候，无需刻意装扮，自然会获得别人的关注；当我们的能力越来越强的时候，自然会获得旁人的重视。善于发现自己身上的优缺点，纠正自己的不足，将自己的优点放大发光，做最好的自己。

把所有不幸化作一颗希望的种子，
种在心里，待它生根发芽，
开出璀璨的花，沉香暗藏。

第一节　让我们的灵魂歇一歇

城北的街头巷子口，有一家几十年的招牌老店，店主是一位六十多岁的老人，这家店他开了四十年，周围已经大变样了，可是他的店依然保持着原状。

这家店开了几十年了，老顾客很多，一传十十传百，生意越做越旺，很多顾客在还没有开门营业的时候，就已经在门口排队等着了。全国各地的游客都慕名而来。然而，哪怕顾客再多，老板每天卖的分量都是不变的，从来不会因为特殊原因而多卖一些，所以，很多人即使有钱都别想买到他的东西。

他这样的经营模式让很多人都想不通。

第一，他的店里只招了两个员工，一个负责卖东西，一个负责打扫卫生打打下手之类的。真正做店里招牌产品的，只有老板一个人，他从不让别人插手。

第二，即使他的店完全容不下那么多等待的客人，他也完全没有想过要把店换一个位置，或者扩展经营，做成连锁店。

第三，即使每天店里人满为患，这位老板每个星期也照样要休息两天，法定节假日法定从不开门营业。

有无数的生意人去找他，跟他谈合作、谈投资，但是全都被他拒之门外，他四十年如一日，依旧坚持着自己的经营模式。

跟他不熟的人没法了解他的想法，但跟他熟识的人都知道，他要享受生活，并且有一定的情怀。

他们家的产品是祖传的，那手艺没个十年打磨，是学不会的，所以他即使请人也只请一些帮忙打下手之类的。真正的产品，都是靠他自己的双手，一步一步去完成的，他一个人精力有限，一天就只能做一定的数量，所以需要再多他也没法卖。

每天做那么多的产品，他也是人，当然要休息。所以，每个星期他必须要休息两天，让自己的身心缓一缓。

很多人也建议过，即使他不自己亲自做，以他家老字号招牌的名号，多开几家分店，用真空包装做成特产，定能赚得金银满钵。

可是这种建议他想也没想就拒绝了，就是给他再多的钱，他也不愿意这样做。

再说了，生意做得越大，压力也越大，哪还有他现在这样过得安逸。钱不过是身外之物，何况，他现在也不差钱，身体好，过得舒心，得空跟几位老友聚一聚，喝喝茶叙叙旧，生活是第一，其次才是赚钱。

人生短短几十载，要懂得劳逸结合。让自己拼搏的同时，也不要忘记身边的风景，保持身心舒畅，让自己跟生活温柔地融合起来，不急不躁，不慌不忙，才能细细体会出生活中的滋味。他并不是不明白，而是拥有常人无法企及的大智慧。

年轻人拼博是对的，但只顾着拼搏而忘了该停一停、歇一歇的时候，我们的生活就会开始变得焦虑，心慌气躁，突然间不知道我们所追求的一切，究竟为的是什么，我们内心真正想要的又是什么？

墨西哥有个这样的寓言，一群人行色匆匆地赶路，有个人走着走着突然停了下来，周围的人问他怎么了，他回答说：“你们先走吧，我要停下来，等等我的灵魂。”

顾野生在《朝圣》里说：“一场没有自我的旅行，争分夺秒地暴走，双脚比思想走得快，把灵魂遗忘在路上。”

在这个快餐时代，我们往往会控制不住内心的急功近利，走得太快，吃到肚子里的东西还没有消化，就迫不及待地准备下一餐了。

我们或许都陷入了一个误区，以为努力就该一刻不停地向前冲，丝毫不敢停歇，以为停下来就是懒，就是虚度光阴。

不敢轻易停下，只要一停下，心就会发慌，空虚感跟罪恶感铺天盖地地笼罩着。

以前的我便是如此，整个人似乎总是处于赶稿状态，在电脑前敲敲打打一整个白天还不够，晚上灵感充沛的时候，还要熬个通宵。平时只要一天没写字，心里就慌得不行，感觉自己白白过了一天，虚度了光阴，然后开始自责，恨不得再熬一个通宵把没写的字给补上来。

这样过了几年，身体状态明显不如以前了不说，我渐渐地找不到当初开始写字时的初衷，完全是为了写字而写字。没有了那种单纯的热情，甚至有时候打开文档就有一种排斥感，我知道，这是一种极其不妙的征兆。

小Y是我一位同行的好友，也是我非常喜欢的一位作家，跟我完全相反。在她的观念里，她认为旅游才是正事，写字什么的都是业余爱好，每次出去旅游，玩累了才回来，空余的时候，再写写字，看似漫不经心，但是我却爱上了她文字里的豁达与阅历。

从她身上，我受到了启发，调整了我的写作模式，放松了自己，将以前拼命追求的一些东西，渐渐放下，有感觉的时候才会提笔，平时想做什么就做什么，不过分去逼迫自己，这让我又重新爱上了写字。

当察觉到需要放慢脚步，让自己停一停的时候，其实我们的灵魂已经离开身体有些时日了。跟很多人一样，我们焦躁、功利又杂乱地过着每一天，从没去仔细想过，或许，该停下来抖一抖身上的浮尘，捋一捋杂乱交织的情绪。

正如余光中在书里所写："天下的一切都是忙出来的，唯有文化是闲出来的。"一个闲字也能妙趣丛生，引出无限可能，适当地歇一歇，让自己闲一闲，又有何不可呢？

闲不是懒，不是让自己止步不前。相反的，闲一闲，只是让我们注意路边的风景，不要错过头顶的云卷云舒，门前的花开花落，闲一闲，只是让我们重新整理好自己，洗去岁月中的尘埃，从容不迫地迎接更美好的未来。

当我们恨不得用最短的时间收获最大的利益时，往往会适得其反，在焦躁的忙碌中，失去了自己的灵魂。我们需要让像个陀螺一样的自己，停下来，让自己的灵魂在闲适中得到补充跟滋润，在灵魂深处酝酿出属于你个人魅力的沉香，使你整个人从灵魂里散发出香气的同时，也得到升华。

第二节　心有沉香 幽静绽放

有这样一种女人，明明长得很漂亮，也不缺才华和能力，可是，她却偏偏历经坎坷波折，最后也没有落得一个好结果，生生将一朵鲜艳夺目的花，蹉跎得既枯萎又黯淡无光。

我们生活中也还有另一种女人，明明其貌不扬，也没有独特的个性与气质，以及出众的才华，可是，却偏偏比大部分人过得好，让人心生羡慕。

这个时候，很多人通常都会说，人各有命，各人运气而已。

那么，这种普通平凡又好命的女人，之所以能得到别人得不到的东西，真的全凭运气吗？

小盛是我圈子里的一个朋友，闲聊的时候，她告诉我她有一个表妹，家境不怎么好，娘家连套房子都没有，一家人还租房子住，后来她嫁的婆家条件也不好，唯一的好处是老公对她好，对她百依百顺，赚的钱归她管，下班就给她做饭。

而表妹的工作却一直都不太顺利，开始在镇上开了家鞋店，生意不太好，她就天天跟隔壁的邻居凑一起打麻将。后来鞋店自然就关门了，再后来她又去了商场上班，不到三个月就辞职了，理由是离家远，上下班不方便。

后来她又连续找了好几个工作，都没有做下去，直到表妹又找了份工作，小盛听完表妹的讲述当时就觉得很不对劲。

表妹的朋友给她介绍了份工作，每个月收入上万，只要把任务完成了，天天坐茶馆里喝茶都没事，小盛一听就知道这绝对不是什么正经工作，天上哪会掉馅饼？

反正这工作小盛是怎么听怎么觉得不靠谱，但表妹不听劝，一意孤行，偏要去，结果没去几天，那家公司就被查了。表妹刚进去没接触实质性的工作并无责任，但公司的其他老员工都承担了法律责任。

事后，表妹跟小盛抱怨这么好的一个工作机会这么快就没了。

小盛当时没好跟表妹多说什么，但回头就对我大吐苦水，她简直是服了她这个表妹的脑回路了，难道她不是应该反省自己不该去相信有这么好的工作机会吗？或者她不是该庆幸她运气好才没有被连累吗？

后来表妹又在到处央求亲戚们给介绍工作，小盛的妈妈也在一旁替表妹说话，让小盛帮忙。她经不住妈妈的唠叨，又刚好有个朋友开了家店，新店开张缺人看店，小盛表妹也合适，小盛就推荐表妹过去了。

结果，表妹干了不到一个月，突然有一天就不去了，朋友店里没人，急得团团转，小盛赶紧跑去劝表妹先回工作岗位，等有人接班了再走。表妹却死活不肯，因为她自己的朋友给她介绍了一份工作，人家急着要人，她不去，别人就去了，那份工作比这份工作工资高，又自由得多，表妹铁了心要走。

小盛是介绍人，她自知责任重大，朋友一时找不到人顶替，她只好亲自上阵。在朋友的店里上了一段时间的班之后，小盛越发觉得这份工作做着其实也还不错，做生意跟人打交道可以学习到很多东西，平时有空自己写写文章，日子过得比以前当全职写手的时候要充实得多，灵感更是源源不断。

小盛这个班一接就是大半年，店里生意逐渐红火起来，朋友很是开心，为了长久发展，朋友将一半的股份分给小盛，这相当于半个店都是属于小盛的。小盛干劲更足，努力跑生活接生意，生活越发地顺风顺水。

后来小盛跟我说，她表妹那份据说各方面都非常符合她要求的工作，做了三个月不到，公司直接垮台，表妹再一次失业。在当了几个月的无业游民之后，表妹又来找小盛，表示想回小盛这里来上班，最糟糕的是，表妹这次又发起了亲情攻势，把她妈也喊来助阵，非要她答应不可。

那几天小盛可是一个头两个大，虽然她当即就拒绝了表妹，可是，家里人依然在不依不饶。但小盛还是坚持绝对不动摇，朋友将店里的一半股份给她，是出于对她的信任，她不能往店里再招不靠谱的人，即使这人是自己的表妹。而且她也已经给过一次机会了，是表妹没有珍惜。

因为小盛的坚持，后来这事也就不了了之了。

在小盛的经营下，两年内又陆续开了两家分店，生意越做越火。她平时管理下生意，有空的时候还是会继续写字，对于现在的状态，她非常满意，做生意除了赚钱之外也能让她成长学习，从前为了生计她会写一些自己不喜欢的文，但如今不用愁钱了，她写字完全就不用为了钱去写，只写自己喜欢的，反而取得了比以前更好的成绩。现在，她算是我们圈子里最成功的“女强人”了。

而表妹一直处于就业、失业、继续就业、继续失业的循环状态。

事实上，据我所知，小盛各方面的条件其实不如她的那位表妹，从外表上来讲，小盛长得胖胖矮矮的，五官也很平庸，小盛表妹则身材修长，五官也不错；小盛平时长时间宅在家里，不善言谈，走到哪里都不出众，而表妹性格外向嘴很甜，走到哪里第一印象其实都挺招人喜欢的。更重要的是，表妹学历其实还要比小盛高，表妹是专科毕业，怎么也算有一技之长，而小盛初中毕业，没有一技之长，只是阴差阳错进入了写手圈子，写点廉价的稿子，勉强糊口。

综合以上几点来说，小盛并不比表妹更有发展优势，可偏偏小盛却活成了大多数女人都想要的样子。

显而易见，她成功的秘诀也不过是比表妹以及身边的很多人要多一份踏实而已。

我们可以没有钱，可以没有出色的美貌及才华，可是，我们必须了解自身的轻重，不好高骛远，不骄不躁，一旦在心中定下了目标，无论高低，一步一步脚踏实地地走，终有一天，你会离目标越来越近。

当一个人失去了目标，或者说目标越来越多，那么便会像一只无头苍蝇到处乱窜，到头来，除了比别人多收获一份坎坷之外，一无所有。

世界上并没有那么多“幸运”的女人，也没有那么多“女强人”，那些所谓过得好的女人，其实不过是因为，她们在这个浮躁的世界里，多了一份踏实、淡定、沉稳而已。

亲爱的，让我们像花容端庄、风姿素雅的兰花一样，灵动中洋溢着秀气，妩媚中带着傲气，在这个浮世中，秉持初心前行，不受杂质纷扰，不骄不躁，心有沉香，幽静绽放。

第三节　不要通过贬低别人抬高自己

我记得以前去水果市场买当季的新鲜水果时，有个别水果摊的老板娘一看见客人去就相当热情地吆喝着，待客人走过去瞧瞧的时候，老板娘也自来熟，笑嘻嘻地像跟客人有说不完的话一样。

面对这样的老板娘，我勉强一笑，问了声水果多少钱一斤。

老板娘报了个数，我听了心中微微惊讶，嘴里下意识说：“我昨天在对面那个摊子买的才六块一斤，你这里怎么要十块？”

然后老板娘就说道：“一分价钱一分货，我这里虽然贵一点，但是货肯定要比人家的好多了啊，我这里的水果是今天早上刚采摘下来的，他们那个水果是放了好多天的，我这个是没打药的，他们那个是打了药的……”

老板娘说了一连串的理由，我却有些听不进去了，心底涌出一丝隐隐的反感。

老板娘甚至连我昨天在哪家买的水果，水果是什么样的，她都不知道，就能说出这么一堆贬低人家的话来，还自吹自擂的，我真是不敢恭维。

很多时候，我们在别人面前，通过贬低别人来抬高自己，往往达不到我们想要的预期效果。

每个人都有自己的看法跟分辨能力，一个人只一味地夸奖自己贬低别人，只会造成别人的反感，并且质疑这个人的人品。

其实这样的人在我们所谓的“朋友”之间也并不少见。

小尹跟小杨是同事，一起工作的时间长了，两人经常一起出去吃饭逛街什么的，渐渐就成了朋友，可是成为朋友之后，小尹就发现小杨的嘴特别损。

小杨经常动不动就在很多人面前开玩笑叫她大妈。因为小尹喜欢穿黑白灰色系的衣服，平时看起来确实缺少了点活力，而小杨就喜欢穿得粉粉嫩嫩的，她就自诩为青春美少女。

有一次小杨穿了件衬衫，同事夸了句这衬衣真好看，她就回了句，自己穿得像学生，然后对小尹笑着说，有的人穿着就是大妈。

这不是小杨第一次开所谓的“玩笑”，有好几次小尹表示自己明显不乐意，但小杨理直气壮地回道：“我就损人，不过我都是开玩笑而已啦，逗大家笑一笑，你不要太小心眼了，又不是真的。”

以攻击别人短处抬高自己为乐趣的“开玩笑”，小尹实在没法接受，更让她难堪的是，尽管小尹提醒过小杨自己非常介意这种所谓的玩笑，但小杨仍然不把她的话当回事。有一次在领导跟合作人的面前，小杨也照样“开玩笑”，把小尹的短处挖出来抨击，以此来抬高自己。

小尹终于生气了，但是小尹并不擅长吵架，她没有当着小杨的面发作出来，但心里对小杨再没有一丝朋友的情谊。当时小尹黑着脸就走了，小杨还在那里特委屈地说：“我怎么着你了？”

小尹不再把小杨当成朋友，小杨有困难的时候，小尹不会落井下石，也绝不施以援手。后来小杨因为是试用期临时工，需要转正，在领导的面前，小尹一句好话也没有替小杨说，小杨最终没能在公司继续留下来。

总是喜欢通过贬低别人来抬高自己的小杨，无论她有什么样的原因跟理由，她的骨子里，一定有自卑的成分在，因为有绝对自信的人，不会太张扬。

除了没有自信之外，小杨的情商也是有待提高的。

她自以为很聪明地开着所谓的玩笑，抬高自己，贬低他人，在别人表示不满的时候，还摆出一副委屈无辜的样子，其实相当令人反感。

更让人着急的是，她只站在自己的角度想去为自己证明着什么，却没想过去察言观色，即使在小尹明显的警示下，还一而再再而三地触犯小尹的底线。

有因有果，因为这种低情商行为，她注定会失去小尹这个朋友，也注定在工作岗位上待不久。

朋友之间开一些小玩笑是可以调节氛围，可能把人损得开心是门学问，相反，水平太差只会把人损得心生怒气，原本好好的一段关系，就此破灭。

每个人生活在这个社会上，都要面子，都有自尊心，嘴损不是开玩笑，所谓的直言不讳，不是让一个人拿另一个人的自尊甩在地上，还上去踩两脚的。

所以说，开玩笑一定要有个度，如果不能把握好，那就不要随便开玩笑，毕竟每个人都是要为自己的言行负责任的。更重要的是，万不要以开玩笑为由，恶意去攻击别人的短处，来抬高自己。

要知道，群众的眼睛都是雪亮的，这些小心机，又怎么能逃得过他人的眼睛？

我们每个人身边或多或少都会有几个可以说话肆无忌惮的人，只要不涉及个人的底线，私下里，几个死党熟人无论怎么"损"都无伤大雅，逗趣无穷。可是，我们一定要注意分寸，注意场合，在攸关别人前程的场合中，这种贬低别人提高自己的行为，绝对不是在开玩笑，而是已经成为了恶意的中伤。

不要迫不及待去证明自己，更不要通过贬低别人从而抬高自己，我们身上的魅力是从内而外散发出来的，我们的优点长处不是用嘴说出来的，而别人是可以用眼睛看到的，用心感受到的。在这个浮躁的社会中，我们只要一点点做好自己，通过各种适合自己的方法来升华内心，经过时间的累积，越发地沉醉迷人，终有一天，无需与人比较，你便是那个最好的自己。

第四节　自黑是一种优点

上节讲到，开玩笑是有度的，你没有把握好那个度，就很有可能对别人造成伤害，得不偿失也损人不利已。

可是，有时候我们想要调动与朋友之间相处的氛围，就少不了要开一些小玩笑，然而又不知道怎么去拿捏好玩笑的那个度的时候，我们不妨试试另一种方式——自黑、自嘲。

顾名思义，自黑自嘲也就是开自己的玩笑，把自己的缺点展露出来，并加以调侃，而善于自黑的人往往会给人一种异样的好感。

朋友思思的老公阿盛，个子不高，身形还胖，长得圆头圆脑，家庭条件也一般。当初他们同在市里最好的学校读书，认识的也大多都是家里非常有钱或者是非常优秀的同学。后来毕业后，同学就发展成了死党，跟他关系非常要好，大家也并没有因为他的家庭条件差而区别对待，反而在关键的时候，也乐意拉他一把。

这一切，都跟阿盛善于自黑的性格脱不了关系。

有一次大家一起聚餐的时候，阿盛好友阿茂怀着孕的老婆也来了，怀孕后，阿茂的老婆重了二十多斤，为此很愁，阿盛便挺着自己的啤酒肚，笑着说道："你看你五个月的肚子还没有我大，哪有多胖！"

阿盛这话一出，周围的人立刻爆笑出声，阿茂的老婆也跟着开心地笑起来，刚刚的那丝忧愁一扫而光。

饭后，一帮男人提议踢足球，阿盛身形矮胖，没有什么运动天赋，足球怎么踢的也只在电视上看过。

大家提议踢足球的时候，为了公平起见，大家依次抽签分队，没有运动天赋的阿盛自然也有份参与，但是大家心里都清楚，他也只有拖后腿的份。

等到阿盛抽签的时候，阿盛笑了笑说："我就不去踢了，我这圆墩墩的身材，到场上不就真成了被踢的'皮球'了！我还是在一旁为你们加油呐喊吧！"（阿盛有个外号叫'皮球'）。

大家一阵哄笑，一个个都说不介意把他当成皮球踢，反正重在参与，没必要太较真，这样一来，也没人担心跟阿盛组成一队会被拖后腿了，反正大家也都是图开心。

阿盛除了在朋友之间很受欢迎之外，他的好脾气也让思思折服。思思脾气暴躁，两人难免吵架，吵架完之后，阿盛总是先让步的那个，可思思还在气头上，他就去哄思思，思思气呼呼说，咱们吵架的时候我就说了，以后我都不想再理你了，谁先理谁谁就猪狗不如。

阿盛笑嘻嘻地说：“对对对，我就是猪狗不如，如果不是猪狗不如，我怎么会把老婆气成这样呢？”

每次吵架阿盛都是用这样自黑的方式去哄着思思，思思跟我说，她真是想气他都气不来，明明有时候她还想生气，结果生着气的时候突然间被他逗笑，真是丢脸。

不管是朋友还是亲密的恋人之间，跟一个处处要强死不认错的人相比，一个勇于承认自己的缺点并且还能调侃的人是不是要可爱很多？

谁的身上没有缺点呢？

当你告诉别人自己就是一个普通人，你也会有各种各样的烦恼，说你矮说你胖说你笨说你如何如何都好，你都能坦然接受，并且还能接着话茬自己调侃几句自己，这样的你，让别人如何对你生得起气来？

阿盛就是一个普通人，在跟那些比他都要优秀的朋友相处时，他没有去攀比，他很认得清自己的位置，但又没有人会瞧不起他，因为他懂得自黑，却并不卑微。

众所周知，杨幂是一个情商相当高的人，她情商高的一大特质就是善于自黑。

刚出道的前几年她完全就是招黑体质，可是她很聪明，往往在大家要黑她之前，她先黑自己一把，无伤大雅地调侃几句，这样一来，别人想黑也黑不起来，渐渐地很多“黑粉”转“白”，路人也转“粉”。

一个敢于自嘲和自黑的人，他不惧外界的批评，正确地认识与接纳自己，这样一个如此有雅量之人，怎会不得周围人的喜欢呢？

在生活中，我们难免会遇到形形色色的人，有些人就是爱揭别人伤疤，取笑别人的缺点，对别人充满攻击性，以此来填充内心畸形的满足感。

当我们越是在乎失去，越是害怕嘲笑的时候，有些人越是得寸进尺，起劲得很，唯恐我们不够难受，当我们能够抢先一步，把自己黑个透彻还无所畏惧时，那些人就无法再对我们造成伤害。

大胆地直面自己的缺点，适当的自黑会让不爱我们的人无话可说，无所攻击，爱我们的人更爱我们，感情坚不可摧，所谓瑕不掩瑜也是这么个理。

自黑不是自虐，甚至在某种观点上来讲，它是一种优点，也是一种自爱的表现，我们坦然承认自己的劣势所在，并且能够接受自己的一切，也就说明我们爱自己的全部，连缺点也包括在内。

第五节　如沐春风的素质与涵养

几天前看了一则新闻，在上班的高峰期，地铁里面有一群农民工师傅看着一列列地铁驶过，大家却迟迟不愿意上车。

有人问了才知道，原来农民工们随身携带的行李太多，提上去太占空间，这样会让很多上班族没法上车赶上上班时间。他们说："这会大家都要上班赶时间，让他们先走，我们不赶时间。"

于是，农民工们足足等了两三个小时，等地铁上人少了才提着行李上了车。

看完这则新闻之后，我又看到了另一张照片。

照片上一位环卫工人买了一些吃的，正递给街边的一位乞丐。

看到这张照片的时候，我心里一暖，但很快又揪了起来。我记得前不久，下着雨的时候，一位环卫工人仍然在给小区清理垃圾，当时我就在想，这些环卫工人真是太不容易了，微薄的收入，无论风吹日晒，他们都不能落下他们的工作。

然而，这样不容易的环卫工人，在面对街边的乞丐时，还有着如此的怜悯与关爱之心。

而说到乞丐，我又想起了前段时间在微博上看到的一则热搜。

热搜的内容是一个视频，视频里放的是一个乞丐正冒着大雨，将一辆辆被人随意乱放的共享单车摆放在规定的位置上，摆得整整齐齐。他做这些，没有任何的回报，甚至，他全身上下都被淋得湿透了。

摆完之后，他就默默离开了。

视频下面立刻就有人回复：一个人的素质，与身份无关。

不仅如此，有人还在留言区说，这位乞丐确实非常有素质，他以前经常在那附近一带捡垃圾，捡完之后又会将翻出来的垃圾全部归位，然而，很多人扔垃圾的时候不小心掉到了地上，也不会舍得再弯一下腰，将垃圾捡起来扔进垃圾筒里去。

在这些社会底层的人身上，我们看到了如此纯善的品质，是不是让我们印象特别深刻，难以忘怀呢？

其实每个人都一样，无论我们身处在什么样的位置上，素质与涵养，应该是我们每个人都该注重的根本。

人与人之间的差距，不在于身份、金钱、地位。女人与女人之间的差距，不在于颜值跟身材，一切只在于个人的素质与涵养的高低。

漂亮的女人或许一时能吸引住他人的眼光，但一个有素质的女人，不仅能吸引他人的目光，更能深入人心。

记得妹妹跟我讲过一件关于她公司里发生的事情。

妹妹公司里有一个女硕士，她除了学历不错之外，人也长得很漂亮，工作能力也强，然而却在晋升的时候，被一个只有大专文凭的女同事给打败了。

但对于这个结果，整个公司的同事并不意外，甚至有种扬眉吐气的快感。

女硕士名叫张岑岑，将近三十岁，是个工作狂，对于工作非常敬业，丝毫不会马虎，可也就是因为她眼里只有工作，从而引起了很多人的不满。

比如中午大家在食堂里排队等着打饭的时候，张岑岑经常匆匆赶过来，队也不排，直接一边打电话一边插到第一排，等打完了饭之后，她才转头对后面的人说：

“非常抱歉，我一会还有份很赶的工作要做，没有时间排队了，非常抱歉，谢谢理解哦！”

说着她端着饭菜就走了，留下一片不屑的冷哼与抱怨声。

谁没有工作？谁的时间不宝贵？就她的工作是工作，就她最赶时间，真是没素质！

比如还有一次，张岑岑的电脑坏了，刚巧同事要去外面出差，就把她的办公桌借给了张岑岑用。张岑岑用了两天，等同事回来的时候，办公桌已然面目全非，资料文件乱摆乱放，桌上地上到处都是垃圾，之前吃的泡面杯也还在桌上，而张岑岑只跟她说了声谢谢，然后就离开了。

同事气到不行。

诸如此类的事情，数不胜数，虽然都是一些极小的事情，但从这些细节中，也足以积累起周围人对她的看法。

而另一个只有大专文凭的同事欧阳，欧阳学历不高，也没什么家庭背景，毕业就来到了公司，没有什么突出的工作业绩，但工作一直勤勤恳恳，最关键的是，她会做人。

无论是公司的领导，还是底下的清洁工，她都一视同仁，不谄媚，不卑微，不在领导面前耍小心机、做表面工作，也不给周围的同事，甚至是清洁工添一丝麻烦。

有一次下午茶的时间，大家在说笑的时候，不小心把一个玻璃缸给打碎了，当时大家都不敢去收拾，怕不小心被玻璃扎到手，等着让清洁工来收拾。大家陆续离开，欧阳是最后一个走的，等所有人离开之后，她一声不响地把玻璃给收拾了才离开，尽管小心翼翼，但还是不小心划到了手指，留下了道小伤口，后来她自己拿创可贴包伤口的时候，别人才知道是她把玻璃给收拾了。

因为她一丝不苟地在细节上体现出的素质，不仅让同事对她有了好感，而且在跟客户接触的时候，客户也经常因为她而夸赞他们公司员工素质佳。

举一个最明显的例子，欧阳各方面的条件其实都一般般，可是，公司的一个大客户在跟她接触之后，开始追求她，最后两人已经进展到了谈婚论嫁的地步。

欧阳身边的同事跟同学好友都说她好运，对她羡慕不已。

可是，一个人的好运一定不是无缘无故而来的，既然外在不是太出色，那一定是内在的东西产生吸引力，而内在的第一要点就是素质，至少，她的素质一定是值得欣赏的。

我们再说到之前的工作晋升问题，为什么欧阳晋升成功与张岑岑的晋升失败是如此众望所归，很明显跟平时在公司里表现出的个人素质相关。

一个工作能力再强的人，其他方面一旦让周围的人诟病，终究是走不长远的。

不要小看每一件小事，让人印象深刻的事情，往往都是在一个小细节处理方式中所体现出一个人的素质与涵养，感动一颗心，跟伤害一颗心，都是一瞬间的事情。

有人将有素质有涵养的女人比作一杯质量上佳的茶，品过之后，回味无穷。

相对的，我们常常见到一些容貌出众的女人，初看惊艳无比，但接触之后味道索然，这跟内在的素质和涵养的缺少脱不了关系。

多一点善良，少一点自私，多一些谦让，少一些斤斤计较，多站在别人的角度思考，不要把目光只放在自己的利益上。做一个有素质的女人吧，无论在事业还是婚姻生活中，这都是一笔极其宝贵的财富，也是我们这一生中最独一无二的魅力所在。

有素质与涵养的女人，会给人一种如沐春风之感，尽管外表不够惊艳，但更能让人为之着迷，即使在时光的长河中，也无法洗去她身上的熠熠之光。素质与涵养是一个女人内心最浓醇的香气，只要心有沉香，浮世也终有一天会为我们所倾倒。

第六节　你若微笑，疤痕也是美丽的

2016 年 1 月 21 日，我永远忘不了那一天，因为我的疏忽，一岁多的儿子伸手拿柜子上的杯子，将一杯开水打翻，水泼到了他的脸上。尽管我第一时间带他去了医院，可是因为烫到了深二度，再加上我没有及时用冷水冲凉烫伤部位，最后还是增生了。以前我总跟家人说，我最喜欢儿子的额头，很饱满，像极了他爸爸，然而，那里却留了一道永远都没法消磨还原的痕迹。

从那一天起，很长一段时间，我都活在深深的压抑与自责当中，只要想起当时的那一幕，我的眼泪顷刻间就能流出来。我愧疚，我后悔，我不敢面对我的儿子，我不敢想象以后他长大了看着自己额头上的那道疤，会不会怪我这个妈妈。

那会，我加了一个宝宝烫伤群，进去了才知道，原来还有很多个宝宝，跟我儿子有着类似的遭遇，甚至还要严重。在那里，我感受到了无比的心酸，一个个原本漂亮乖巧的宝宝，因为被烫伤，有的影响了容貌，有的甚至还影响了功能，烫到关节部位的宝宝伤口增生后，关节会粘连变形，走路活动都受影响。心酸的同时，我也感受到了前所未有的能量，群里每一位宝宝被烫伤的宝妈，没有一个选择放弃。

群里没有一位妈妈是不自责的，可是，最没有用的也正是自责，我一直记得，群主经常说的一句话就是：有那个自责的时间，还不如多给宝宝做一次护理。

伤害已经造成，没有人可以将疤痕完全消除恢复到从前。但是，我们可以经过护理，按压再物理加压，可以使又高又硬的增生，变得平软一些，疤痕收缩变小一些。增生严重影响功能的，除了按压和加压之外，每天还要给宝宝进行功能训练，是的，尽管不能完全消除，但是没有一位妈妈放弃抗疤，我们相互倾诉、激励，一直坚持着。

每天晚上，当正常的宝宝跟宝妈们已经安然入睡的时候，我们还在给宝宝做护理。有时候，实在困得不行，护理做到一半就睡着了，醒了又继续做护理，这不是一天两天的事情，而是一年两年，甚至三四年都需要坚持的事情。

这对于我还有群里那么多宝妈来说，身体跟心理的素质都需要接受绝对的考验。

其实抗疤护理再艰难，我们其实都能坚持下来，唯一承受不住的——

抗疤期间，每天带着儿子出门，我都要给认识或不认识的人为儿子额头上的那道疤作出相同的解答，这个过程不会让我麻木，只会让我的心重复循环地痛与自责。

群里在积极抗疤的同时，偶尔也会出现负能量，比如有人说：“我不希望我的孩子在学校里成为异类。”

“我害怕我的孩子走在路上，人家总会投来异样的目光。”

这些话无疑是所有烫伤宝妈的心声。

我也是如此，所以我总是在儿子的面前控制不住地哭泣。

家人对我说，男孩子留个疤不是特别要紧的事情，关键心理不能出问题，我这样长期地自责下去，也会对他的心理造成影响。

我听着如梦初醒，绝对不能长期这样下去，我不能只想着儿子额头上的疤，他的心理成长我更不能忽视。

那段时间，我看了很多关于这方面的书，然后开始慢慢调整自己的心态。

在积极护理儿子疤痕的同时，我也渐渐尝试改变，我在面对着儿子时不再情不自禁对儿子说“不要怪妈妈，妈妈对不起你”之类的话，我会偶尔摸着他额头上的那道疤，微笑着对他说：“这是你身上独一无二的痕迹，因为有了这道痕迹，你身边的同学跟朋友总是特别容易记住你、认出你，时间长了也不会忘记你，我们要积极地看待它。”

以前因为给宝宝拍照，手机内存总是告急，宝宝烫伤一年半，我给他拍的照片寥寥无几，相机里唯一的几张照片，还是刻意用帽子遮挡住了的。

朋友跟我说，为什么不给他拍呢？这也是他的成长过程，独一无二的，无比珍贵的。

这番话点醒了我。

我突然意识到，其实在意宝宝额头上有疤的人，不是别人，是我自己。

我不能因为他好看的时候给他不停地拍照，不好看了，就不给他拍了，对于他来说，我这样的做法又何尝不是对他的一种偏见呢？

我无法控制别人的目光，但是，我不能用异样的眼光看我的儿子。

后来，我约了一家影楼给儿子拍了一套照片作为纪念，照片出来之后，我发现，儿子脸上的笑容比他额头上的那道疤要亮眼多了。摄影师问我要不要把照片上的疤处理一下，我笑着说，不用了。

要让别人接受他的那道疤，首先，我自己得接受。

接受已经发生的事情，接受孩子的不完美，所有过激的心理对于孩子的成长都是不利的，我要做的是以平常的心态看待一切。

我不能因为愧对儿子就加倍地宠着他，我不能因为他额头上的那道疤从而加重他形成自卑的心理。

孩子是一张白纸，只有我眼里看到美，他的心里才能够形成美，我的情绪也足够能影响到他，我开心，他才会开心，他脸上的笑容多了，那些疤痕就显得微不足道了。

无论谁的一生，都不可能一帆风顺走到头，途中难免磕绊，谁不会遭遇几件让自己后悔的事情呢？

后悔，自责，这些情绪我们难免会产生，可是，如果我们一直沉浸在这些不好的情绪里，不仅自己，还会对周围的人造成一定的影响，长此以往，对于已经造成的伤害，只会雪上加霜。

已经造成并且无法挽回的伤害，正常人都不可能一下子就接受，我们可以慢慢来，世界那么大，人生那么精彩，除了疤痕之外，还有更多美好的事物在未来等待。

生活总有灰暗的时刻，但我们行走在灰暗中，也不要放弃任何能够为未来抓住美好的机会。自责与难过，只会让我们深陷泥泞之中，无法脱身，美好离我们越来越远，所谓的疤痕有的时候不在表面，而是在我们的心里，是我们一直没法接受它的存在，它才会让我们那么痛苦。

当我们试着去接受它，不再把它们当作特殊的存在，它才会对我们产生不了负面的影响，只有我们平常心看待，才不至于形成对孩子心理成长不良的催化剂。

表面上的疤痕其实并没有那么可怕，可怕的是在心里形成了疤，让我们从此变得胆怯、自卑、敏感，性格心理上的扭曲，才是一辈子的悲剧。

换一个角度去看待我们的不幸，直到能够影响我们人生的，不是疤痕，是心态，你若微笑，疤痕也是美丽的。

让我们把所有的不幸，化作沉淀下来的肥料，在心里种下一颗种子，重新发芽，茁壮成长，最后开出最璀璨的花朵，沉香暗藏，浮世何惧。

第七节　心里有个填不满的洞

在这个经济飞速发展的时代，每个人都是忙碌的，贫穷的人为了生存而奋斗，衣食无忧的人为了能够更上一层楼而努力，顶层的人为了巩固自己的位置而坚持，没有人敢停下来，因为每个人心里都有一个洞，洞里缺失什么，就要拼命往里面填补什么，有人知道适可而止，而有的人，填着填着，却突然找不到自己了。

外婆家隔壁有两个跟我同龄的姑娘，是一对年龄相差不到一岁的堂姐妹。姐妹花小的时候就出了名的漂亮聪明，我去外婆家的时候，也特别喜欢跟她们在一起玩。她们俩一个会唱一个会跳，很招人喜欢，小小年纪，全镇都知道她们的存在，让我以及其他的小伙伴都很是羡慕。

会唱歌的是堂姐阿思，会跳舞的是堂妹阿研。

从小学的时候开始，她们堂姐妹就开始参加各类校内校外唱歌跳舞的比赛，姐妹们的名气渐渐扩大，然而，当时她们的名声也只是在本市传播一下，离所谓的“红”其实还差了一截。真正让她们火起来的，是在她们十六岁那年，参加了某电视台的举办的一次大赛，在那次大赛中，她们得了第二名，上了电视，全国有不少的观众都认识了她们。

这让她们姐妹开始尝到了真正火起来的滋味，除了粉丝量大增之外，各种活动、广告都找上门来。

虽然生活上变得各种不便利，但是对于当明星的体验，两个青春期的小姑娘很是受用。

阿研的妈妈正式辞了工作，当起了她们两个的经纪人，给她们接各种活动跟广告。她们每天打扮得精致漂亮在舞台上唱唱跳跳的，生活过得很是充实，但鱼和熊掌不可兼得，她们的学业也因此落下了，甚至还因为一场所谓很重要的演出，两姐妹放弃考试，选择了演出。

然而，过了一年后，她们的人气开始下降，因为她们这个组合一直没有什么创新，每次在台上唱几首同样的歌，几支舞跳来跳去的，观众们对她们渐渐失去了兴趣。

最重要的是，长江后浪推前浪，新的一季大赛里，有更出色的组合出来了。

广告商以及各种演出活动都开始朝着最热闹的新组合蜂拥而去，剩下来找她们姐妹花的，都是一些出钱少，甚至不愿意出钱的。

大红大紫过后的冷落感，姐妹俩一时都有些没法承受，这样熬过一段时间之后，姐妹俩之间产生了一些思想上的分歧。

阿思以及阿思的家人觉得当明星不是长久之计，现在虽然还能赚不少的钱，但是这些都是因为她们还有点余热，等这些余热都耗光了，她们彻底过气了怎么办？人一辈子还很长，不是眼前赚一点钱就够了的，她们现在这个年纪，应该更注重学业才是，自己把本事学起来，以后走到哪里都不怕。

阿研尝到了红的滋味，过惯了每天都被人追捧崇拜着的生活，突然间让她再去过回一个普通人的生活，她无论如何也做不到。

所以，姐妹俩就此分道扬镳，阿思退出了舞台，回归到了普通人的生活中，最初还有不少的人来围观她，可是普通太久了，开始围观她的人越来越少，大家都以平常的目光来看待她，人们越来越淡忘她曾经的明星身份。

阿研依旧过着光鲜亮丽的生活，在舞台上尽情绽放着自己，甚至毫不犹豫直接休了学，正式进入了圈子。

只是好景不长，原本姐妹花就开始渐渐过气，后来因为阿思的离开，阿研一个人跳一个人唱，更加不具备最初的特色了，久而久之，一直没有爆发出新的特色来吸引住观众眼球的她，也就渐渐被人淡忘。

只是尽管人气大不如从前，阿妍也没有想过要退出这个圈子，她舍不得这个圈子给她带来的名与利，同时，她身边几乎所有的人都知道她成为大明星了，现在回到学校里去，大家该怎么看她笑话?

这个时候，身边有人建议她，如果想在这个圈子里长久地待下去，应该暂停一下，去学习，充实一下自己，有能力在，不怕没机会。

心急气躁的阿研根本听不下去，她觉得在这个圈子，时刻争取露面的机会才是最重要的，一旦她离开，还有谁会记得毫无背景的她?

于是，演出少了，她就想尽办法去获得上综艺、演电视剧的机会，苦苦挣扎着。

就这样，她勉强在这个圈子又混了几年，虽然还是有机会在电视里露面，但是几乎没有人记住她。

有一次，她在某部电视剧里给人当小配角跳舞的时候，不小心从台上摔了下去，摔到了脊椎骨，在医院里住了很长一段时间，也是在这个时候，阿研渐渐开始心灰意冷。

在医院里住院的时候，无论是护士还是病人，大家即使看过她参演的电视剧，却没有一个人认出她来，因为她演的都是无关紧要的小角色，无论她怎么努力，都再也达不到当初出门必遭粉丝围堵的状态了。

更糟糕的是，因为之前风光的时候，她习惯大手大脚地花钱，什么都要用最好的，花钱如流水，然而几年下来，之前赚的钱渐渐都被她给花光了，近来，她接演的都是无关紧要的小配角，片酬少到可怜，根本无法支撑起她高昂的生活费。不知不觉，她们一家不仅卖了房子，还欠了很多的债，生活越过越窘迫，她仿佛深深陷在一个泥潭里，再也找不回往日的光彩，只能苦苦挣扎，看不到未来的路。

而阿思这几年在做什么呢？高中毕业后，阿思就去了国外留学，凭着自己的努力，还在国外的一所名校读了研，毕业之后，就回到了家乡，在一家外企上班，年薪是当地平均收入水平的数倍，很多公司争着抢着想将她挖走。

在国外求学的时候，她认识了现在的老公，同样是一名高才生，比她还优秀，博士毕业，后她一年回国，回国不到半年，两人就结了婚，工作跟婚姻可以说得上完美。

毋庸置疑的，阿思未来前途一片光明，纵然不会万众瞩目，但在普通的生活中，她绝对是耀眼的，而且，她身上的这种光芒随着时间的推移与沉淀，只会越发地可贵。虽然不是明星，但她每天走出去不仅漂亮，还从内到外透出一种相当迷人的气质，那是从骨子里散发出来的沉香与自信，属于她独一无二的魅力与财富，谁都无法从她身上夺走。

我们身处一个充满了利益诱惑的浮世，到处都是万花筒一样的迷人旋涡，一不留神就坠入其中，不能自拔。

当我们膨胀得太快的时候，其实应该放下追逐利益的脚步，沉下心来想一想，究竟哪一种未来才适合我们？我们本身的价值，会配有什么样的未来？我们是不是应该提升一下自己，让自己跟上这个是时代的步伐？

并不是说阿思放弃已经拥有的名与利，就是对的，而阿研继续选择留在那个浮华的圈子就是错的。她们的选择没有错，但是她们的思想差异造就了她们的未来发展的不同。

年纪轻轻便获得了名与利，这确实是一件幸运的事情，但事情绝非完美，因为这个时候她们不得不荒废学业，这原本就是要在取舍之间经过深思才能下定决心的一件事情，后来，演艺道路上出现波折，也是给她们敲了一个警钟。

阿思跟家人经过深思熟虑，打算重新回学校深造，而阿研却因为舍不得，即使警钟敲响，她照样不愿意放弃。

当然，不放弃肯定不能说不对，问题就出现在她明明看到了弊端，却没有想过去弥补这个弊端，提升自己的能力，反而想各种投机取巧，直到最后山穷水尽。

一个真正有实力的人，机会来临时，必然会稳稳抓住，然后不遗余力地发挥，然后他肯定也会有所收获，一个实力不够不愿放弃又不断找机会的人，机会即使来临，到最后终将在他的手里成为泡影。

如果不想让精彩只在自己的生命中如烟花绽放般转瞬即逝，我们必须时刻都不能忘记去补充空泛的内在，别说是有血有肉的人，就算是机器，也要及时充电才能正常运行对不对？机器用久了也会老化，需要更新是不是？机器既是如此，何况是人？

我们生活在这个浮世中，不去计较任何的名与利，那也绝对不是一件现实的事情。正因为我们需要这些光环，所以，我们应该暂时放下眼前的一些利益，把目光放远，沉下心来，一点点沉淀累积，当我们足够充实丰富，我们的灵魂就会散发出独特的香气，成就我们个人的魅力，让人再也不敢小觑，方能与我们一直所追求的光环所匹配。

第八节　你能改变的只有自己

好友叶子昨天晚上给我打电话。电话刚接通，里面就传来叶子哭哭啼啼的声音，她告诉我，她爸跟她妈又吵架了，她人在长沙，父母在广东，以前有一次吵架的时候，她也在，父母那会吵着吵着就动手了，爸爸拿椅子要扔向妈妈的时候，她跑过去挡了一下，头上被砸了一个包。后来，每次她爸妈吵架，她都会特别地害怕，怕他们吵到激动的时候，就开始动手，无论伤到了谁，都是她不愿意看到的。

叶子父母吵架是常事。两个月前，他们吵了架之后，刚分开，叶子妈妈回老家了。半个月前过端午的时候，她爸就回去把她妈给接上一起走了，那会叶子还松了口气，这次闹得这么厉害，好不容易和好了，两个人应该都能消停很长一段时间了。不料，昨天又吵架，叶子妈妈又给她打了个电话，父母两人在电话里都吵得不可开交，她当时听着浑身发抖，她担心无助，甚至是绝望，然后就给我打了电话。

叶子是个非常懂事又乖巧的姑娘，我已婚，她未婚，在我看来夫妻之间吵架再正常不过，可是那对于她来说，就如同笼罩在头上的乌云挥散不开。

关于她爸妈吵架这事，叶子向我哭诉过不少次，夫妻之间存在很多很大的问题，婚姻到了这个地步，已经名存实亡。我问她有没有劝过父母离婚，她说如果离婚了，家就没了。

我没再继续这个话题，心中暗自叹气，心想：一个动不动吵得翻天覆地让她时刻胆战心惊的家，这算得上一个家吗？

叶子的心情我能理解，毕竟能接受父母离婚的人确实太少。

其实除了父母的事情之外，她也还有很多别的烦心事，比如说弟弟的工作没着落，让她帮忙找下工作，于是她只要有空就在到处帮弟弟找工作，结果弟弟不是这不满意就是那不行。另外妹妹成绩不错，但是死活不愿意读书了，她怕妹妹以后后悔，想劝她继续读，但妹妹很固执，已经一个星期都没有理她了。

这些糟心的家事，让她觉得生活一片灰暗，工作提不起劲，原本想考个证，费了好大的劲复习，却因为受这些杂七杂八的事情影响，考试没过关。心情不好的时候，想找个朋友出去散散心也都找不到，她根本没时间也没有心情去认识新朋友。

她问我，她怎么就过成了这样。

我说，首先你得知道，你只是一个普通的人，不是一个圣人，你能管好自己已经不错了，你爸妈吵架，他们自己都管不好自己，你怎么去管？你弟弟妹妹跟你相比，其实已经幸运很多了，当初你靠着一己之力走到今天，他们为什么不能？每个人都得对自己的人生负责，在你力所能及的范围内，你可以帮一帮，超出了你的范围，你帮不了却还在纠结，你怎会不痛苦？

其次，每个人都有自己的想法与性格，哪怕最亲的父母兄弟姐妹，你都没法去改变，更没法让他们按照你的思路去走一条最好的路。

我们改变不了别人，但是我们能改变自己。

第一，要改变心态。

这些家庭琐事你能做的你尽力去做就行了，达不到你想要的结果，你也要放宽心，告诉自己，你已经努力了。

第二，将心打开。

一个年轻的姑娘最初可以没有自己的圈子，但是不能有一颗抗拒去认识陌生人结交新朋友的心，那等同于你亲自关上了美丽世界的大门，将更多的精彩缤纷拒之门外。

第三，全方位充实自己。

你的世界里不能只有家庭琐事，你需要有朋友，你需要让自己的生活精彩起来，这样，在你被家庭琐事折腾压抑到不行的时候，你有疏解的方法，身边有陪伴你的人，而不是给相隔千里的我打一个电话。

我跟叶子说，我们看电视剧《欢乐颂》的时候，是不是很心疼里面的樊胜美？但是，你有必要向樊胜美学习一下。

同样被家庭琐事所牵绊的樊胜美，得到了很多人的同情，可是她的身上也同样有可取之处。

比如，她家即使再糟糕，她每天该打扮还是打扮，该跟朋友聚还是跟朋友聚，该工作工作，该跟帅哥谈恋爱她也一样都没有少。

正因为樊胜美生活全方面都没有落下，所以，在她最无助的时候，有朋友倾诉跟帮助，虽说影视剧多少会做艺术化的处理，但是，这也是事实。

她身上的这些都是值得学习的。

叶子凄楚地说，虽然她有点抗拒认识陌生人，但是，即使她不抗拒，她也压根没有时间也没有机会去认识新的朋友。

我惊讶了，每天朝九晚五，周末有双休，怎么会没时间？相对于叶子来说，我的时间其实更加紧凑，我一周只能休息一天，我要上班要写文章，还要带孩子，可是我每周至少会给自己一下午的娱乐时间。其实现在的年轻人都要工作，但是为什么那么多人都能劳逸结合？因为时间是自己安排出来的，该工作的时候绝不贪玩，该休息娱乐的时间不要想别的。

至于机会，很多时候都是靠自己主动争取的。举个例子，如果她喜欢跑步，她可以去加一些跑步健身的群，平时群里有活动，她积极参加，圈子自然也就渐渐打开了。如果她喜欢玩桌游，可以去加一些玩桌游的群，她这种年轻的姑娘一般都会很受欢迎，年轻人聚在一起玩点纸牌游戏狼人杀之类的，既能锻炼大脑跟口才，又可以认识很多新朋友，一举几得的事情，何乐而不为？

结识新朋友扩大自己圈子的机会其实还有很多很多，只要肯去改变，这些都不是问题，当然，最主要的是，我们要意识到，我们能改变的也只有自己而已。

当问题跟麻烦缠身的时候，我们的心态放平和了，很多的问题麻烦在我们的眼里就变小了，谈不上微不足道，但也绝对不会有太大的影响，实在觉得痛苦的时候，我们能做的不是只有把自己埋在被子里哭，一个人躲在天台上醉酒，当我们的生活圈子足够丰富，可以让我们疏解烦恼的方法一定会有很多。

这个世界那么大，我们每个人生来就是独立的个体，每个人都有自己的性格跟想法，即使身边的亲人或者朋友、爱人，他们的想法与所作所为再偏激，我们能做的也只是在一旁劝解指正，提出自己的建议或意见，可我们无法替人作出任何决定。于是，我们免不了因为爱而产生出各种纠结、痛苦的情绪，甚至觉得天都是灰色的。

其实这些情绪我们都可以避免，只要我们把想要改变别人的心，用来改变自己，调整好心态，改善孤僻的现状，让自己的世界不被统归一类的烦恼所填满，要各方面完全地去充实自己。

当你的生活各方面足够充实丰富，那么即使某一天出现烦恼跟问题，也不会一下就将你击垮，因为其他方面的补足，你或许还能在尘埃中开出花来。

亲爱的，不要再想着去改变别人给自己徒增烦恼，想让我们的生活变得更美好，我们应该试着去改变自己的不足，多方面丰富充实自己，让我们以更多的角度欣赏这个世界的美，而我们能改变的，也只有自己。

第九节　拒绝是一种善意且自卫的表现

闺密前段时间跟我说，她又帮妹妹的女儿买了几件衣服。按理说，给自己的外甥女买几件衣服，其实也没什么大不了的，然而，她这已经不是第一次，而且，也不仅仅是买几件衣服而已。

事情是这样的，闺密的妹妹远嫁外地，生了个女儿，在婆家，她不仅要带孩子，还要给上班的公公婆婆做饭。老公工资不高，还要顾着一家人的生活费，日子过得紧紧巴巴，还很累，于是带着女儿回了娘家。

在娘家，闺密的妹妹倍感幸福，住在娘家，从来不要她做饭不说，生活费也不用出，平时买个奶粉、衣服，她只用跟姐姐撒撒娇，闺密就给她在网上付了款，出去逛超市买零食跟日用品的时候，妹妹也从来不掏钱。

有一次，闺密的妹妹还跟闺密感叹，也就只有在娘家她才能攒得下来钱，在婆家根本攒不了钱。

闺密听着心里怪不是滋味的，她跟我说，妹妹在娘家当然能攒得下来钱，那是因为娘家心疼她，不跟她计较，不用她出生活费。平时她要买东西，开了口，她这个做姐姐的也不好不给她买。

可是长期这样下去，她妈妈或许觉得没什么，反正家里也就是多了双筷子而已，可她这个姐姐总是有些不舒服。她赚钱也不容易，每天晚上熬到深夜，也才赚那么几个钱，平时为了节约开支，她省吃俭用，然而妹妹回来了之后，她不仅要养自己，还要养妹妹，连带着妹妹的女儿也一起给养了，她不仅攒不下来钱，还一直在花以前好不容易攒下来的存款。

闺密很是苦恼，时不时过来跟我吐一下苦水。

我听着也觉得挺不可思议，虽然我们常说一家人不要计较那么多，可是还有一句俗语叫“亲兄弟明算账”，一次两次给你出钱是出于血浓于水的情意，可是，如果你把这种情意当成了一种依赖，不知足地一直索取着，这样真的好吗?

我跟闺密说，你偶尔资助你妹妹是出于当姐姐的情分，但她把你的付出当成理所当然就是她的不对了，你应该跟她讲清楚。

闺密的妹妹紧巴日子过得太久，如今又有一个女儿要自己养，对于钱肯定比较看重，她知道妹妹的难处，总是不忍心，也怕在拒绝给妹妹出钱的时候，会让她们姐妹俩之间的感情出现裂缝，这是她所不愿看到的。

我问，那你就让她这样一直依赖你下去？你有你的人生，她有她的责任，她都已经是当妈妈的人了，你不想让她早点独立起来？又或者说，你能帮她一辈子？

闺密当时沉默了，过了不久，她又跟我聊起了她的妹妹，言语间还有些欣喜，她说今天去逛超市的时候，她特意在付钱的时候，跟妹妹说，以前逛超市都是她买单的。然后，她妹妹终于今天第一次自己买了单，闺密很开心，倒不是为了那点钱，只是觉得自己终于迈出了那一步，虽然出于对自己有些斤斤计较的“愧疚感”，她事后又请妹妹去吃了一顿大餐。

这对于闺密来说是一个新的开始。接下来，无论是妹妹让她帮忙给女儿买衣服买奶粉，还是给寄各种快递，她都会跟妹妹把账算清楚。但是除此之外，她也经常给妹妹买东西，也给妹妹的女儿买各种礼物，时常请她出去吃饭，但是做这些，她都是出于一个做姐姐的情分。

虽然说开始闺密把账要算清楚该妹妹出的钱就要她出的时候，妹妹确实有过一些不开心。但是，后来她又送了妹妹各种礼物，妹妹也能看见她的好，她们之间的感情也只比以前有增无减。

妹妹对闺密说，其实以前老让姐姐出钱，她心里也挺过意不去的。姐姐拒绝给她付钱的时候，她最开始心里还有些难过，以为姐姐对她生分了，但是姐姐后来又经常给她还有女儿送东西送礼物，让她心里知道姐姐还是以前那个姐姐。只是她不能因为姐姐对她好，而凡事都依赖着姐姐。每个人都有自己的责任，她不该把自己的责任让别人承担，现在她该出的钱自己出，心里一下就感觉松了口气的样子，也挺好的。

闺密很欣慰，妹妹总算理解她的用心。如果她当初没有适当地去“拒绝”妹妹的请求与依赖，妹妹恐怕还不知道什么时候才能学会独立。

所以，我们要知道，拒绝并不是一件“无情”的坏事。

可是除了亲人之外，很多时候，我们也无法拒绝朋友跟工作上的“请求”。相比亲情，朋友跟工作之间的关系更加复杂。比如在工作上，我们难以去拒绝别人，就是因为害怕拒绝会因此让人不喜欢自己，甚至会在生活或者工作中给自己穿小鞋。然而我们往往没有意识到，当我们明明心里有所不愿，却因为不敢拒绝，而在不断地满足别人的要求时，我们会变得很累，耗费了大量的时间跟情感不说，事情也会朝更糟糕的方向发展。

我曾在某快递公司的营业前台就职过两年，公司明文规定，邮车中午走一趟，下午五点走一趟。邮寄生意有淡旺之分，旺季忙得晕头转向，连中午饭都没时间吃，淡季的时候，一个上午都没有一个客户上门寄东西也是正常的情况。

那个时候，有一位代班的邮车司机，一个月会有一个星期跑我们这个网点的这条线。刚巧碰到淡季，于是，等他代班的时候，如果没有邮件，他就让我给他打电话。

连着一个星期下来，我有时候会忘记给他打电话，他跑过来看见没有邮件，整个脸色就不好看了，在那里埋怨，不是让你没有邮件就给我打电话吗？

我当时有些愧疚，但也有点不舒服，就算我忘记打了，你来一趟又怎么了？本来不管有没有邮件，你们邮车都是必须来这里扫码，你投机取巧事先把条码存进手机里，就是不对的。

但是这次，因为我忘记给他打电话，出于个人原则，我还是跟他道了歉。

他拉着脸“嗯”了一声，一副这次选择原谅我就算了的表情，然后走了。

后来，我基本依照他的交代，没有邮件就给他打电话，时刻提醒自己千万不能忘了，生怕忘了，又会让那个司机不开心。

最后有一次，虽然是在淡季，但那天上午生意特别忙，我手机放在一旁没工夫去看。到中午的时候，那个司机给我打电话，打了两次我没接到，当我刚刚空下来的时候，他又给我打了一个，我接了。他当时在电话里就语气特不好地问我，有没有邮件，我说有，然后他就挂了。

等他开车过来一进店里的时候，就板着脸开始嚷嚷："怎么打你那么多通电话不接？有没有邮件你怎么不告诉我？"

那是生气加质问的语气，我当时一听火气就上来了，心想，你让我没有邮件给你打电话，现在有邮件没给你打电话也是我的错了？

那是我第一次反驳他。

我说，公司明文规定，不管有没有邮件，你都是必须来一趟的，你让我没有邮件的时候给你打电话，出于好心，我给你打了，但是，很抱歉，从今天起，不管有没有邮件，我都不会再给你打电话了，你来不来是你的事情。如果你对我的做法有意见，我们可以去领导那里评评理。

当时司机的脸色很不好看，但他一句反驳我的话都说不出来。再后来，他再也没有提过让我给他打电话的事情，不管有没有邮件，他都要按照工作行程，来我这里一趟，更重要的是，他再也没有给我甩过脸色。

如果最初的时候，对于他的"请求"我一直选择隐忍去附和他，他必然就会觉得我给他打电话是一件理所当然的事情，我并不会因此落得半点好处，让他感激我，反而有时候因为我事忙忘记了，而对我产生不满的情绪。

这是一件多么吃力不讨好的事情。

我提倡的不是不去帮助别人，而是要把握好一个度。你可以帮，偶尔一次无伤大雅。然而，如果当你帮过一次之后，对方依然不知足，得寸进尺地索取，我们一定要果断拒绝，这不是你的问题，是对方的问题。

当然，也会有另外一种情况，你身边或许有那么一个人，你平时觉得还不错，也难得向你提出帮忙，你害怕拒绝会让对方因此而灰心，如果是力所能及的你答应是在情理当中。如果明明你能力有限，却还应承下来，到时候办不好，会不会更糟糕呢？拒绝有时候对彼此都是一种更好的选择。

适度的拒绝不代表漠不关心，也不是自私，而是让你活得更好。

无论是亲情还是朋友抑或是工作中，我们都要敢于拒绝跟善于拒绝。敢于拒绝，是我们对自身一种自卫跟自尊的保护；善于拒绝，是我们意志成熟和自信理智的一种表现。

无法去拒绝别人的女人，其实称不上善良，多是性格上软弱的一种表现。所以，生活上过得战战兢兢不说，还免不了多出来各种各样的麻烦。

只要我们心中无愧，遵守原则，坚持自己的底线，合理

且不鲁莽地选择拒绝，我们的生活才能免去更多不必要的麻烦，过得更加顺心如意，不软弱，不害怕，不畏将来，活出更加美丽的自己，做一个心有沉香，不惧浮世的女人。

第十节　不念过去，不惧将来

上个小节中，我们讲到不能被别人习惯性依赖自己，那么除此之外，关于依赖，其实还有很重要的一点也必须要说一说，那就是我们自己也不能对他人过于依赖，无论是亲人、夫妻还是朋友。

与依赖相对的词是独立，我们经常会看见有人说或者有人用文字表达，一个女人无论如何都要经济独立，只有经济独立，你才能自主，你才能过你想过的生活，等等。

这样的观点并没有错，但是很多时候，我们也许会发现，相比经济不独立，精神不独立的女人才更加可悲。

我跟兰兰是在一个作者群里认识的，平时聊得不多，但她经常在群里发言，所以我对她的事情，知道得还不少。

兰兰是家里独生女，家里条件中等，大学毕业，工作也还将就，总的来说，各方面都绝对不算差的一个女人。她跟老公是大学同学，老公家在偏远的山村，条件自然跟兰兰家里相差很多。但是兰兰是一个感性多于理性的女人，她觉得她跟她老公足够相爱就够了，其他都是小事。

所以结婚的时候，她没有跟婆家计较微薄的彩礼，就连婚房都是她自己家准备的。结婚过后没多久，公婆以担心他们工作忙料理不好日常生活为由，双双搬进来跟他们一起住。没过多久，就连老公刚刚大学毕业的弟弟，同样打着找工作的旗号也搬进来了，后来工作找到了，弟弟却一直没有要搬走的打算。

兰兰自然有些受不了，然而她老公却觉得，既然这是他的家，他弟弟想住在哥哥这里，他这个做哥哥的怎么能把弟弟赶走？

为了老公，兰兰忍了。

弟弟刚开始工作，工资不高，月底还没到，钱就花光了，没了就问家里人借，兰兰也借给过他好几次，至于她老公借了多少，她还真不知道，她只知道自己借了那么多回，就没见他还过。

让兰兰没想到的是，这么不靠谱的一个男人，居然很快就找了个女朋友，还迅速怀了孕。人家要求结婚，女方要求必须在城里有一套婚房，兰兰婆家人为了弟弟结婚的婚房也算是伤透了脑筋。最后，他们把脑筋动到了兰兰的身上，兰兰爸妈曾在婚前给兰兰买了一套二居室的房子，这房子平时都用来出租，婆婆一家人还有老公合力劝说兰兰，让她把这套房子给收回来，租给弟弟用，房租算便宜一点，反正都是一家人。

兰兰起初是不太同意的，因为跟之前的租客签了两年的合同，还没有到期，突然收回总是不好。可是公婆就在她眼前不停抹眼泪，说是如果没有房子，弟弟这婚就结不成了，她孙子也要没了。兰兰婆婆一直催兰兰生孩子，但兰兰肚子一直都没有动静，本来因为这事，婆媳之间就挺敏感的，最后兰兰还是没招架住，答应了将房子收回来，租给弟弟当婚房用。

好景不长，弟弟结婚后不久，在弟媳怂恿下，他们与全家合力劝说让兰兰把这房子便宜点卖给弟弟，毕竟生了孩子，一家三口得有一个真正的“家”。而他们所谓的便宜一点，也不是一点点的问题，而是市场价一半都不到的价格。

更重要的是，这个片区马上就要拆迁了，那套房子的价值远不止市场价，兰兰觉得弟弟夫妻简直太贪心。

所以，她立刻就拒绝了弟弟要买房子的请求。

让兰兰没想到的是，她的拒绝立刻引来了公婆甚至是老公的强烈反对，他们认为既然是一家人，哪还分那么多彼此？不过就是在房产证上改名字，况且弟弟又不是不给钱，他也愿意出钱的！如果她真的把自己当成这个家里的一份子，就不该计较这么多！

兰兰当时气得不行，跑到群里来吐槽。群里的姐妹们纷纷劝她应该彻底断了公婆一家不断索取的念头，她爸妈的钱也不是天上掉下来的，这一家人简直都是奇葩中的奇葩。

不仅群里的姐妹为她感到不平，就连兰兰的家里人也实在无法容忍了，劝她赶紧离婚。

后来，她真的离婚了，房子也收回来了。

只是当我们以为这事翻篇了的时候，没过多久，兰兰又跑来群里说，前夫才离婚三个月就重新找了个女朋友，而且比她更有钱。

原来在离婚之后，兰兰根本放不下前夫，总是忍不住去翻前夫的朋友圈，关注他的一切动向，有时候在特殊的日子，她甚至还会给前夫发消息。

让我们更加意外的是，在前夫找到了新女朋友的时候，她甚至还做了跟前夫复婚的决定，还振振有词地说，前夫现在只是被那个女人迷昏了头，时间长了，前夫就知道还是她好了。

群里姐妹们表示无法理解，问她为什么不想着去重新开始一段新的恋情。她很失落地说，她其实就是习惯了对前夫各种依赖，重新找一个，未必有前夫好。

后来，群里很长一段时间都没动静，差不多过了一年之后，群里陆续又开始聊了起来，兰兰依旧在跟前夫纠缠，前夫一边有要跟她复婚的意思，一边还是跟那个富豪女继续交往着。兰兰表示很痛苦，但群里却没有人再帮她出主意，也没有人觉得她有什么值得同情的地方，显然在别人看来，她不愿意重新来过，那一定是对这样的生活甘之如饴了。

明明已经从火坑里跳出来，她却还对火坑依依不舍，别人说什么都听不进去，还站在火坑边上，就等着机会重新来临，再一次跳进去。

别人说什么都没用，关键在于她自己，根本就没有想过，将前夫彻底从她的人生中删除。她宁愿在火坑中煎熬，也不愿意深吸一口气，让自己重新开始另一段人生。

即使她还有其他一些无法启齿的隐情，但也不能成为她重新跳进火坑的理由。归根究底，她就是习惯性依赖前夫，把依赖当成了爱，尽管物质丰足，但精神却完全不能独立，从而，也就没有开展新生活的勇气。

我有个同学，结婚前从来没有谈过恋爱，跟老公是相亲认识的，老公就是她的初恋。但是很不公平的是，老公在跟她结婚之前，谈过数次恋爱，是个情场高手。

同学在结婚后一心一意相夫教子，连着生了两个女儿，还想拼第三胎，结果老公频频出轨，屡教不改，最终同学心灰意冷，提出离婚。

第一次恋爱，第一次结婚，感情像张白纸一样的同学，全身心付出却换来了这样的一个结果，我们一群同学都很替她不值，也很担心她走不走得出来。

但事实上，我们的担心是多余的。

从同学的朋友圈更新可以看得出，她每天都坚持健身，闲着没事的时候就种种花，看看书。半年后，从她的照片里看见，相比结婚的时候，她简直像是换了一个人。经过健身，她的身形纤瘦健美，就像没有生过小孩一样。除了身材之外，她整个人的气质都给人一种极其温柔舒服的感觉。

这样的状态，是她从前没有过的，在我们看来简直完美极了。

但是，有一次我意外得知，其实她目前的生活状况不是那么好的，离婚后她把小女儿留在身边，因为回到了娘家跟爸妈哥嫂一起住，一起帮忙做生意，嫂子总是对她有这样那样的挑剔，让她觉得自己不过是这个家的外人。

尽管如此，同学还是保持最好的心态，没有自暴自弃，努力完善自己，让周围的人看到越来越美的她。这样一来，她的身边自然不缺追求者，也就在这些追求者中，她认识了自己的第二任老公，后来水到渠成，她带着孩子嫁给了第二任老公，她过得很好，第二任老公非常地宠她，给她开了家花店，让她打发时间。

一个有经济基础，没有任何负担的女人为什么会过得这样凄惨？一个离了婚的女人，甚至还带着一个孩子，为什么还能过得那么幸福？

全然是心态所带来的结果，兰兰经济再好，精神不独立，妄图去依赖一个不靠谱的男人，结果再糟糕，这苦果也得自己吞。

同学经济不佳，各方面压力也不小，可是，因为她精神足够独立，在最糟糕的时刻，她没有贪恋过去，而是相信未来，坚持完善自己。

经济不好可以通过自己勤劳的双手去改善，精神不独立，我们将永远找不到最好的那个自己。

让我们改掉依赖任何人或者是任何过去的习惯吧，独立起来，告诉自己，一个人也可以过得很好，这样，我们才能在最好的状态，遇到生命中真正对的那个人。

姑娘们，都独立起来吧，即使我们曾经糟糕，如今再贫穷，未来再迷茫，只要我们还有一颗独立且愿意去改善的心，过去的一切都不会成为我们的阻碍，只会擦亮我们的眼睛，

化为让我们重新前进的力量，让我们浴火重生，绽放出一个崭新的自己，不念过去，不惧将来。

第十一节　用美好遇见美好

有一次我一个人在外面办事的时候，手机没电了，身上也没带钱，但是我有急事要通知家里人，情急之下，就拦了一个迎面走过来的小伙子，问他借手机打个电话。

我一直对他的反应印象深刻，一脸的警惕，左看看，右看看，虽然并未从我周围看到什么可疑的人，但他还是用复杂的眼神看着我，然后一口拒绝，说他没有手机，然后就走了。

我能理解他的拒绝，毕竟现在抱有坏心的人确实数不胜数，类似的遭抢劫的例子也有，导致很多人在遇到陌生人打招呼的时候，第一反应便是：

这个人是不是小偷？想抢劫？诈骗犯？迷魂党？

理解归理解，可当时我心里还是有些难受的，大方向的社会现象我暂且不提，我只知道，下次在别人对我有类似请求的时候，在自我保护的同时，我心里会始终保留一丝善意。我会保护自己，我也不会不帮助别人。

比如，在别人问我借手机打电话的时候，我没有将手机交给对方，替对方拨通手机，再按免提，直到通话完成，我都没有让陌生人碰我的手机，但我也帮助了他。

将心比心，换位思考，我们谁也没法保证，在未知的未来中，不会碰到同样有需要帮助的时刻。如果那个时候，我们遭到了别人种种糟糕的揣测并且被拒绝，我们是否会心生怨恨，如果我们碰到的是一个真正需要帮助走到了绝望的人，而我们非但没有给予帮助，反而猜想他是不是别有用心，那岂不是给对方致命一击？

无论什么时候，心里始终存有一丝善念，不是为了温暖别人，也是为了温暖自己。

鲁迅先生曾经说过一句话：我所不能理解的有太多，我向来不惮以最坏的恶意去揣测别人。

是的，很多时候，在我们不了解内情的情况下，会有很多种可能。如果我们不分青红皂白，只凭所谓的直觉或是一些捕风捉影的小事情，从而对他人产生某种揣测，就会受这种揣测作出某些行动，然后一发不可收拾。

林晴是一家杂志公司的编辑，负责其中的一本刊物。她刚进公司没多久，但很得老板的赏识，频频升迁，老板还听了她的建议，对刊物做了一些调整。

不久之后，老板开会，决定把另一个编辑小Y负责的刊物给停了，小Y觉得林晴那段时间很得老板的心，两个人负责的刊物又是杂志社的主刊，老板没有撤林晴的，而是把她的给撤了，肯定是林晴在私底下给老板说了不少她的坏话才导致的。

而且，撤刊之后，小Y从一个刊物的主编，成了林晴手底下一个小编辑，小Y心里各种不甘，也是因为这股怨气，小Y心里从最开始的揣测到最后衍变成肯定，她觉得，肯定就是林晴搞的鬼。

但小Y也是个沉得住气的人，表面上一直没有表现出来，平时与林晴走得还挺近，一口一个“姐”喊着她。

直到有一次林晴跟手底下一个作者产生了矛盾，作者在微博上跟林晴公开翻脸，林晴自认为清者自清，开始也没有多理会作者的无理取闹，直到后面渐渐出现更多的证人指证林晴就是一个无良的编辑，林晴才发现事态不对劲了，更让林晴想不到的是，小Y也是这些指证人中的一个，而且，她隐约间还起了带节奏的作用，让所有人都认为林晴这个人人品有问题。

开始林晴还不知道小Y为什么会突然这样对自己，但是很快，小Y把林晴从中作梗，让她亲手做起来的杂志被撤了的事情曝光，也因为小Y的“曝光”，原来喜欢她那个刊物的一些读者也就开始为小 Y 跟被停掉的刊物感到愤愤不平，跑到微博上各种大骂林晴，使得林晴一时间成为众矢之的。

最终林晴迫于压力选择了辞职，但是，在递交完辞职信之后，她又发了一条长微博，也是出事后发的唯一一条微博，其中除了拿出了跟作者产生的一些误会的证据之外，她也还截了一些聊天记录，是她跟老板的谈话，内容均是在老板打算停刊的时候，她再三劝老板不要停，说了很多的好话，甚至还做了很多的保证，她可以帮小 Y 一起把那个刊物做起来，如果做不好，她可以选择辞职，尽管这样承诺，但老板还是选择停刊。

从聊天记录来看，在劝老板不要停刊这事上，她算是尽了力，仁至义尽，明眼人都看得出来。她这篇长文一发出来，立刻就将局势扭转了，之前听信了小 Y 一面之词的读者跟“吃瓜”观众，在看到这条微博之后，都开始站到林晴的这边，觉得林晴挺好的，反倒是小 Y 在不明事实真相的情况下，自我揣测，把林晴想得那么不堪，现在看来简直就是打脸。

网上一片骂声，公司里同事们看小 Y 的目光也变得特别复杂，表面上没有说什么，但背地里都觉得小 Y 这人太可怕了，人家帮她没跟她说，她反而还这样去揣测跟中伤人家。

小 Y 顶不住公司同事对她的议论，最终也选择了离职，只是结果是小Y在递交辞职信之后得到了老板的签字同意，而林晴的辞职信老板却迟迟没有同意签字，甚至还给她加了工资让她留下来。林晴除去盛情难却不说，自己到底也舍不得这份工作，最终收回了辞职信，从此再没有跟小Y联系过。

在这个大千世界中，我们不排除有怀揣恶意之人在我们背后做着什么坏事。但是，如果我们在不知情没有证实的情况之下，就去以最坏的恶意揣测人家，那我们本身跟我们最厌恶的小人有什么区别呢？

每个人的生活方式以及工作性质都不一样，有时候如果身边什么人开始卖保险了，我们就会害怕他来找我们，一旦他找上来，就会忍不住去想，看吧，他终于来找我推销保险，以此来提高他的业绩了。

因为这种思想，我们往往会连带着去排斥买商业保险这件事情，也忘记了买保险这事，在很大的程度上，其实是给自己一个保障。

我曾经在网上闲逛的时候，发现有人发了这样一句话：以最大的恶意去揣测别人，你会拒绝来自这个世界所有的善意。

底下有很多的评论，有人认同这种观点，也有人这样回答：

他们总是会说你怎么把我想得这么恶心，其实我只是习惯了，也懒得改了，就这样吧。

我只感受到来自整个世界的恶意。

到处是黑暗。

这个世界本来不善。

这样也是最安全的，孤独的人不需要善意。

……

看到这些评论留言，我当时心里其实是很不敢相信的，说这些话的人，平常在生活中会是一个什么样的人？

心里得多黑暗的人，才会觉得这个世界这么糟糕？难道他们觉得身边的每一个人都是虚情假意？还是说，他们已经习惯以这样的态度去面对这个世界的任何人。

我们生活在这个世界中，每天都会发生那么多事情，谁没有经历过一些不怀好意的事情？为什么有的人依然能够充满阳光，对这个世界微笑，为什么有的人却偏偏要把自己置身在黑暗中，不愿走出来，看到所有都觉得是坏的，将那些真正的善意与恶意一起拒之门外，这样又真的好吗？

每个人都有自己为人处事以及生存的方式，不要站在我们的角度去揣测别人，就像我们戴着墨镜看到的世界是灰黑色的一样。

俗话说：己所不欲，勿施于人。我相信我们每个人都不希望别人带着恶意来揣测我们，那我们何不先立己身，把自己先做好呢？

当我们习惯用恶意揣测别人，其实就等于用冰块在自己与别人之间垒砌一道高墙，只感觉得到人间的一阵阵刺骨的寒意，蜷缩在自己创造的冰冷铠甲中，孤立于人群。

虽然这个世界有黑暗有丑陋，但是我觉得绝大部分人跟我们一样，还是相信美好、想遇见美好的。那么前提是，我们自己得选择保留善良，去相信这个世界一定有善良的存在，用自己的美好去遇见美好。

第十二节　说话要避免不愉快

生完宝宝后，我加了一个本地的妈妈群，里面要么是一些新手妈妈，要么就是孩子带到了两三岁，上幼儿园就开始准备重新去找工作的，大部分的妈妈都在为找工作而发愁。

这天益轩妈妈在群里发布了一条招聘信息，某公司将招一名会计，工资待遇在三千至四千左右，双休加保险。

很多宝妈觉得光凭双休加保险这两项就算待遇不错了。

童童妈妈突然说：这待遇也太差了点吧？

益轩妈说：不低了，我们这工资情况就是这样了，我的待遇也跟这个差不多。（益轩妈做了几年的会计，算是有一定的经验跟资历了。）

她这话说完，童童妈立刻回了一句：你要求真低，现在不管去哪儿，随随便便都能拿个五六千吧，三四千能干吗，好歹会计呢，打发乞丐吗？

童童妈这话一说出口，作为看官的我一下就知道糟糕了，果然，她这话引来了众妈妈们的不满 。

“现在那么多三四千块一个月的上班族，难道他们都是乞丐？哈哈哈！今天真是长见识了！”

“看来你工作很好啊，不知道你在哪里当领导？”

“哪里有这么好的乞丐工作，介绍我去做一做啊？”

一石激起千层浪，每个人的语气里都不由得带了几分挑衅的味道，童童妈大概也没有想到自己的一句话会引起大家这般不满，她赶紧亡羊补牢说：

“我不是这个意思，我就是觉得会计三四千工资有点低，我认识的会计工资都挺高的，所以才会这么说。”

童童妈的解释并没有洗白自己，群里众人依旧在对她刚刚说的那句话发表各种不满的言论，童童妈大概是觉得自己说出去的话像泼出去的水一样收不回来了，说再多大家也不可能再对她有改观，她也没脸再留在群里面，当下就退了群。

看完上面这个事例，我们是不是会想，其实童童妈或许并没有恶意，只是她随口就把心里的想法说出来了，没有怎么注意自己的措辞。她只是站在自己的角度去思考，却没有想过其他妈妈身处的位置跟背景，去考虑她们的感受，一番话随意就说了出来，顺便展示一点自己的优越感。

而结果，她没有得到别人的认可或者羡慕，只引来众人的不满和不屑。让大家觉得，她这样说就是要体现她跟众人的层次不同。

我相信在我们的生活中，除了我们本人之外，必然也会有很多这样“不会说话”的人，大家聊得好好的，偏偏她进来插一句，结果把自己弄到尴尬之地还恍然未觉。

这样一来，我们不仅会在一些无关紧要的人当中留下极坏的印象，也很有可能对身边的各种关系产生影响。

林小姐出身于书香世家，从她大学毕业，开始找男朋友那会儿，家里人就要求她必须找一个公务员，毕竟铁饭碗靠谱。

林小姐是个听话的乖乖女，对于家里人的要求她言听计从，于是很快传开林小姐找对象的第一要求就是公务员，后面给她介绍对象的，至少也要达到这个要求才能开口。

这事传开了之后，林小姐的高中同学兼好友小美就开始时不时在林小姐的耳边说，公务员不好找，你要想找公务员，估计会嫁不出去。

林小姐当时听着很不舒服，但看在那么多年朋友的分上，她就当朋友的这话是在开玩笑。

后来因为林小姐本身条件不错，很快就找了个情投意合的公务员嫁了，而且还是个特警，长得高大帅气，一时间让林小姐身边的朋友们羡慕不已，纷纷效仿林小姐要找个特警嫁了。

婚后不久，林小姐就怀孕了，生了个女儿，一切看起来都相当美满，唯一有点遗憾的是，因为工作的关系，林小姐跟老公基本相当于分居，老公隔一段时间才回家一次，而且还待不了多久就走了。

这个时候，小美跟林小姐说，长期分居的夫妻之间最容易出问题，况且，特警那就是行走的荷尔蒙，走到哪里不招女人爱啊？

说着，还@她，给她发了一篇文章，文章名叫《公务员出轨率最高》。

林小姐整个人心情都不好了，且不说出不出轨和工作真的没什么太大的关系，这是个人的品性问题，只是她真的没有看小美的好意在哪里，没结婚之前她说如果非要找公务员就会嫁不出去，结婚后，又跟她说公务员怎么怎么容易出轨，怎么就见不得她好呢？

其实小美这个人平时是个很好的人，也很仗义，需要小美帮忙的时候，小美从来不会推辞，就是说话太直，不拐弯，弄得她很尴尬，害得她真有什么心里话也不敢再跟小美说了，怕小美又不知道会说出什么话来刺激她。

通常情况下，不管是工作还是生活中，一个“不会说话”的人，一定比不会做事的人更不受欢迎。

一个会说话的人，即便他很没用，做不好这件事情，但他会巧妙运用词汇，设身处地为人着想，跟人沟通交流之后，非但不会让人家介意他的“无能”，还能让别人心甘情愿、开开心心地替他把事做了。但是一个不会说话的人，就像小美一样，把话说得让林小姐心里很不舒服，即使小美热心地关心她的事，甚至是替她做事，也往往是吃力不讨好。

所以，林小姐并不会感激小美给她找了一篇文章让她看从而提醒她——你老公出轨的几率太大了。

千要别抱着自以为是的心态去口出狂言，也不要自以为是地去抬高自己，贬低别人，很多时候，祸都是从嘴里出去的。

无论在何时何地，说话之前，一定要认真地过一下大脑，不可冲动，更不可口无遮拦，我们一定要认真地思考，并且换位思考，我们说什么样的话，才不会让人感觉到不舒服。

很多时候，只要我们多想一想，就能避免很多不必要的不愉快发生，多说几句好听的话，或者让自己的叙述更委婉一点，就能让一段关系维持得更久，也让我们平时少了些隐形的麻烦。

第十三节　少发言多倾听

我的作者朋友里面有个姐妹群，几个姐妹出道的时间跟年龄都差不多，写作的题材和风格也都差不多。志同道合的人聊起天来总是特别有话题，每天群里都热热闹闹的，相互寄书、督促写字，甚至，群里的每个人都像是段子手，你一句我一句，时不时就能把大家逗得大笑。

总而言之，在这个群里，几乎不会出现沟通问题，也不会有人给彼此一种不善言谈的感觉。

大家聊熟了，久了之后，就产生了见面的想法，大家商量着一起找个时间去旅游，从商量到拟定计划，再到最后的实行，大家都非常兴奋，终于等来了一起旅游的日子。

然而，真聚到了一起之后，状态却完全没有大家在群里那么开心，倒也没有大的矛盾，只是动不动就会产生口角。

比如大家商量去哪里吃饭的时候，有人提议去吃小龙虾，群里年纪最小的凡凡就说：“小龙虾生活的地方最脏，所以小龙虾也很脏，大家不要吃啦！”

有人提议去吃火锅，人多吃着热闹，凡凡又说：“这大夏天的吃火锅很容易上火的，我们还是吃清淡点的好。”

结果商量了半天都没决定下来吃什么，大家原本好好的提议也因为凡凡的反对，弄得吃饭的兴致都没了。

不仅如此，大家去景区游玩，对某个项目跃跃欲试的时候，凡凡又时不时说一句：“哎呀，这个很危险吧，掉下去命就没了，前段时间新闻里就讲了，这种设备还是很容易出事的……”

一天下来，大家都保持了一种默契，想要吃得开心玩得开心，一定要与凡凡保持距离，而凡凡也显然察觉到大家对她的态度，她很失落。

我知道凡凡这个人心并不坏，平时在网上，大家有什么事需要帮助的时候，她第一时间就会出现，很仗义，心性单纯，没什么心机，在没有见面之前，我对她印象其实不错的。

我找了个时间，跟凡凡聊了聊，凡凡心情很低落，主动跟我说，大家不喜欢她。

我想了想说道：“大家并没有不喜欢你，只是不太能适应你的生活方式吧。”

“你别安慰我了，我知道我就是不会说话，才会让大家不喜欢我的。”

我很意外，原来凡凡知道其问题所在，所以，她也并没有完全活在她自己的世界里。

这个时候的凡凡心里必然是敏感脆弱的，我不敢太打击她，尽量委婉地说道：“既然你知道你的说话方式或许有问题，那你有没有想过试着去改变？”

凡凡很是困扰：“我也想过，只是到了关键的时候，我就控制不住我的嘴，想到什么就说什么，说完就后悔了。”

凡凡后来告诉我，其实她发现自己不会说话这个毛病由来已久，每次都不断告诉自己，不要乱说话，但是真跟人接触沟通起来，之前的自我暗示一下子就没有了任何的作用。

其实凡凡这个人平时在群里说话也没有什么不妥之处，至少是能融合进来的，可是，怎么一到现实生活中，弊端就出来了呢？

凡凡自己解释道：“平时在网上聊天的时候，在打字之前，我会好好斟酌一番，至少会思考几秒才把要说的话发出去，但是面对面沟通的时候，还来不及思考，话就已经脱口而出了。”

是的，在网上聊天她基本不会出错，是因为她经过仔细思考之后，才会把自己说的话发出去。可是，在现实生活中，往往来不及思考，就已经说了出来，容易引起人家的反感。

我问凡凡：“那你有没有想过改变一下自己？”

凡凡无奈地笑了笑："我接下来只能少说话了，多听别人讲吧。"

不可否认，凡凡虽然没什么心机，也不够圆滑，但她也并不笨。

接下来的旅游里，凡凡确实有变化了，也不在别人商量的时候，抢先发表自己的意见了，她很安静地站在人群里，但她也并没有像空气一样被人忽略，大家商量的时候，还是会时不时问她的意见，因为她一直在听别人说话，自己有所思考，等别人问她，她再回答的时候，基本也就不会再出什么差错了，她又重新融进了大家的圈子里。

事实上，不仅凡凡，很多文人手里一支笔，一副键盘，可以妙语连珠、字字珠玑，洋洋洒洒几千上万字长篇大论不在话下，然而真到了现实生活中，却判若两人。

比如我的另一个作者朋友晨晨，她也不善于跟人沟通，因为从小就喜欢文字，机缘巧合让她可以赖以生存，她就天天宅在家里，写写字，沉迷在网络的世界里不能自拔。从而很少去接触外面的世界，很少跟人沟通，导致在真正需要跟人沟通的时候，她就显得很笨拙，常常在关键的时候，不小心说出一些不合适宜的话，闹了不少的笑话。

可是，人怎么能不跟别人沟通，不跟人说话呢？她知道无论如何也要解决这个问题。

有一次，晨晨的作品出版后引起了当地作协的关注，作协邀请她去做一次演讲，她当时很开心，跟家人商量之后，家人觉得也是个露面的机会，于是她就答应了下来。可是事后她又非常担心，她原本跟正常人沟通就经常出错，这次演讲一下子要面对那么多人，肯定会紧张，她一紧张说话就会有些口吃，为此，她很是焦虑了一阵。

可是既然已经答应了人家，她也不好出尔反尔，只好硬着头皮上了。虽然事先做了足够的准备，对着镜子也演讲了很多很多遍，然而，真上了场，一切都白搭。无论再怎么让自己放松还是会口吃，准备再多也会突然脑子一片空白，什么都说不出来。

对于晨晨来说，这是一次非常糟糕的演讲，本来她想在作协里露个脸，让大家都知道她的存在，结果事后她恨不得大家都不要记住她。

这让原本害怕沟通，不善于说话的晨晨再一次备受打击，但她也并没有因此而萎靡不振，而是反思问题的根本。

明明知道自己在人多的时候说话会紧张，这不是简简单单就能解决的事情，就不应该抱着虚荣的目的去接受这次演讲邀请。

既然已经演讲完了，她也不应该太过在意别人的感受，就把这次演讲当成自己的一次经历即可。

最重要的是，她要记住，在明知道自己不善言辞的情况下，以后一定要避免这种尴尬的事情发生，能少说话的时候，千万不要抢着去说。

要知道，无论是凡凡还是晨晨，她们都不是不会说话，而是不会用脑子说话。

不管是写文章还是在网络上跟人交流，她们在措词跟运用语句上面都没有问题，只是在跟人面对面交流的时候，因为紧张，所以很多时候脑子会一片空白，会口不择言，当然这跟每个人的性格也有关系。

关于这个问题，每个不会说话的姑娘都不是一两天就能解决的，一定要经过时间的锤炼，才能让自己慢慢解决说话的问题，逐渐让自己口才变得“圆滑”起来。

那么在此之前，我们就应该：说不好话就尽量少说，少发言，多倾听别人讲话。

在我们把抢先发言的举动改变为专心倾听的时候，我们的心会沉静下来，脑子也会随着别人的言行举止开始思考，认真思考过后，我们的大脑就会本能地权衡利弊，什么是该说的，什么是不该说的。

这样一来，我们就能避免很多“祸从口出”的事情发生，同时也能给我们减少很多麻烦。

在与人交流的时候，我们只要能做到不出错，已经是一件非常难得的事情。

对于每个不会说话的姑娘，如果我们不能在人群中口齿伶俐、能说会道，那我们就让自己沉静下来，少说多倾听，少发表多思考，光芒内敛，做一颗不耀眼却越发温润的明珠，在这个浮世中，沉静安然地，被温柔以待着。

第十四节　不辜负每一丝温暖

今天早上翻微博的时候，看到了一则热搜，内容大概就是一个女子去老家参加一个好友的婚礼，玩到很晚，因为第二天要上班，她晚上必须赶回去。爸妈虽然提出送她，但她觉得爸妈年纪大了不想让父母劳累，就喊了个滴滴。在回去的路上，她突然觉得自己头晕发麻，各种现象让她心中顿生警惕，她怀疑自己被下药了。

因为车上就自己一个人，还是个手无寸铁的女人，她不敢大意，首先将车窗打开一些，让风吹进来，让自己努力保持清醒，然后她开始给老公打电话。

糟糕的是，她老公的电话无人接听，她急中生智，即使没人听，她也若无其事地开始跟“老公”讲话。

聊天的时候，她看似无意地说出了她现在在哪里，坐的是一辆什么车，统统交代了出去。

说话的时候，她有些紧张地看了一眼前面的司机，刚好撞上司机正从后视镜里看她的目光。

她迅速收回目光，心脏紧张得怦怦跳，后面她一直没敢挂电话，走到哪里看到有什么标牌，都会故意在电话里大声“告诉”老公，同时也暗暗给老公留言。

她故意大声是以防司机如果真想有什么动作，也不敢轻举妄动，毕竟她已经把路边醒目的建筑物都“告诉”老公了。

她暗暗在说话的时候给老公留言，也是以防她真的出事时，老公要来找她也还是有一定线索的。

幸运的是，也不知道是她的方法产生了作用，还是原本就是她自己想多了，司机并没有对她做什么，她这一个电话足足“打”了一个多小时，直到进了城区，快到家里了，她才匆匆挂了电话。

后来，她将整个过程写了下来放在网上，给大家做一个提醒跟警示，让大家在坐车时一定要注意安全，她还特意搜集了很多相关方面的预防跟应急知识，希望女孩子们能够好好地保护自己。

或许为了能够吸引更多人的关注，她起了一个很吸睛的标题名《女子半夜约车回家遭下迷药》。

结果确实很有作用，一下就上了热搜。

文章上了热搜之后，立刻引起了广大网友的注意，纷纷留言，我看完她写的一整篇文章，心里觉得她还是蛮用心的，找了这么多么应急自救的方法提供给大家，也是费了不少心思，下次我坐车的时候，一定要多注意，防患于未然。

当我看完文章，去评论区浏览了一番之后，我很是诧异。

评论里前面几条热评，基本上都在嘲讽她发表这篇长文只是为了炒作，自己给自己加戏。

比如：

“我算是看出来了，整个过程，司机全程活在她的想象里，还听她打了一路的电话。”

“被下了药还能这么清醒？直接就倒下该干啥干啥了，还能等你想办法反击？芒果台都不敢这么编啊！”

“我是因为标题进来的，结果……看了一场自导自演的戏。”

很显然，大家都在质疑这件事的真实性，大多人的眼睛都只看到了她在炒作，却鲜少有人关注，她文中表达的中心思想——

提醒大家打车时注意安全防范！提前做好自救的准备！

我不禁想：难道等她真的出事了，受到了不可挽回的伤害，才能说明她真正遇到了危险吗？网友才会去认真地看她说的话？

且不论她是否真的遇到了意图不轨的坏人，大家该关注的不应该是在她的提醒下，以后如果我们遇到这种情况应该如何保护自己吗？

无论如何，她这都是一种善意的提醒。

毕竟，谁能保证我们不会遇到真正的坏人？谁能保证我们不会有危险？

今年六月是一个多灾多难的月份，四川茂县山体垮塌，几十户人家一瞬间被掩埋，其中有一户人家，是一对年轻的夫妇和一个才一个月大的婴孩，因为晚上啼闹，大人起来给他换尿布，正在这个时候，他们发现家里有泥石流进屋了，当时就拼命往外逃，其余没有跑出来的人大多还在睡梦中。

那几天除了四川连日大雨之外，其实我的老家也一直在下雨，汨罗江都快溢出来了，水库那边也时刻有人看着，担心决口。

相关部门时刻关注着这事，一再发布消息要求做好抗洪准备。当晚倾盆大雨下个不停，半夜十二点的时候，村干部敲锣打鼓，一家家地喊，让大家别睡，时刻做好防洪准备，避免茂县的悲剧再一次发生。

大家提心吊胆了一晚上，还好一夜相安无事。

第二天村民们就在群里面表示不满了，怪上面搞得太吓人了，害得大家一晚都没睡。

一连有好几个人发出了同样不满的声音。

不一会，就有人出声反驳道：“一夜没睡没关系，最重要的是大家都安全，生命只有一次，做好防备没错。”

是的，生命只有一次，无论我们觉得多麻烦，但是做好防备，绝对不是一件多余的事情！那是对生命的敬重！

所以，既然是对我们本身有绝大益处的事情，为什么这个时候，我们还要去对那个些提醒我们注意提防、做好防备的人产生质疑甚至是埋怨？

这会，不是应该感激他们冒着雨一家一家地提醒吗？

不管是这些攸关生命的大事，还是在平常生活中的小事，我们身边总会出现对我们发出善意提醒的人。然而，善意却不一定能传达到对方的心里。

身边做微商的人越来越多了，本身我对于微商这种新兴行业保持中立的态度，既不支持，也不反对，不支持的原因是我买东西已经养成了一种习惯，不管买什么都有熟悉的大平台，在微商那里没有我所需要的东西，不反对的原因是，不能否认有些做得确实不错。

这天，微微找我吐槽，跟我说她有个姐妹准备做微商，想拉她也做，她看了下，产品是一种减肥药，广告词吹得天花乱坠的，她一看就觉得不靠谱。因为是三无产品，所以她劝姐妹不要卖这种减肥药，三无产品卖出去指不定出什么事，而且微商一般都卖给身边的亲朋好友什么的，坑了谁都回不了头。

姐妹一听她这话，当场跟她翻脸，觉得她就是见不得自己好，她自己也用这款产品，她难道连自己都坑吗?

其实这事也不稀奇，不少人都遇见过，我跟微微说：时间能够证明一切。

三个月后，微微跟我聊天的时候，又说到了她的那个姐妹，最近她们在一次同学聚会中见面了，那个姐妹比以前胖了一圈，以前她是微胖型，现在她穿衣服都遮不住肉了。姐妹一直哭丧着脸，直到聚会结束离开的时候，姐妹才犹豫着对她说，自己当时就该听她的。

原来微微的姐妹当初一意孤行，对那个三无产品的减肥药很是自信，不仅自己吃了，还大力推荐给自己的朋友。结果吃完之后，因为打乱了内分泌的关系，她非但没有瘦，还比以前更胖了，跟她一起吃了减肥药的朋友也或多或少有这样的现象。现在她一边愁自己的体重，还要承受朋友的责备，甚至有人还跟她翻脸。要是有机会重新来过，她绝对不卖这种减肥药了。

微微无奈地跟我说，人总是吃了亏才知道后悔，希望她得了这个教训之后，不要再把别人的好心当成驴肝肺。

诚然，对于别人的提醒，不管是在什么样的情况下，不管当时的心情如何，我们虽然未必能够做到好好听取，但至少，我们应该尽可能地不去曲解人的好意，更不能彻底伤了人的心。

在如今的这个社会，大多数人为人处事都会有所保留，真正能开口提醒你的人，其实都是十分可贵的。

我们即使做不好，心气也不要太浮躁，把一件原本简单纯粹的事情，想得太过复杂。即使像第一个微博事件，它或许有炒作的成分，我们也不要完全把关注点放在炒作上面，从而忽略了对我们有益的安全问题。如果对于他人的善意提醒，你一开始就抗拒，也就相当于你拒绝了一次吸收健康有益东西的机会，你看不到别人传达给你的善意，逮着人家的缺点不放，你能得到什么？

我们每个人都不可能做到百分百完美，我们的眼睛不可能看到全世界，我们看的书也不可能了解全世界，我们所知有限。只要生命在继续，我们就要往前走，很多时候就要通过别人的传达，得以补充完善，让自己能够更好。

当别人对我们进行善意的提醒时，我们应该端正自己的

态度，无论何时何地，都不要放弃吸收健康有益的东西的机会，不浮躁，不曲解，方不辜负来自这个世界的任何一丝温暖。

第十五节　无需活在别人的道德枷锁中

有个经常一起玩桌游的朋友跟我聊天的时候，说想把她发生的一些过去的事情告诉我，看我能不能用得上，我欣然答应。让她跟我口述就行，谁知她洋洋洒洒写了几千字，然后发给了我，跟我开玩笑地说了句，她的故事都够拍一部电视剧了。我笑了笑，心想，每个人都觉得自己的故事就是一部电视剧。

我打开一看，其实有些小小的失望，她文笔不错，对于感情也描写得较细腻，但很遗憾的是，我对她文章里表达出的一些观念很不赞同。

文章讲的是她跟她前男友的故事，她比她前男友大好几岁，她一边想着各种办法跟他接触，又一边担心自己的年龄比他大，害怕不会有好结果。

后来他们在一起了，可还是因为害怕年龄差距的问题，她又无理取闹，想跟他分手，结果他对她的小性子照单全收。

过了一阵，她终于向他坦白了她真实的年龄，他表示并不在意，她很开心，还带他去见她的父母。只是很快因为工作的原因，他们分开了，他答应她过一阵就会将工作安排好，回到她的身边，可是她等了一段时间，他还是没有回来，她便对他提出了分手，而他也答应了。

无论是全文的感情描述，还是最后的总结，她都把问题归结到年龄差的原因上，因为她比他大，所以他们才没有走到最后。

我不知道他们之间究竟发生了一些什么事情，但是从我一个旁观者的角度来看，我看到了她和她前男友之间的不信任、隐瞒事实、感情不深厚的问题。

这才是他们走不到最后的根本原因。

那么，女大男小的年龄差这个问题究竟算不算一个问题呢？

对于有些不够自信的女人来说必然是一个不可忽视的问题，但对于一个人格足够独立，对自己有信心，不被世俗跟他人眼光所影响的女人来说，这就不是问题了。

我认识秦姐那年，她刚生完小孩不久，没在家里带多久的孩子，她就又继续出去上班拼博奋斗了。他们家当时条件不错，老公事业有成，很多人说："你家里那么有钱，老公那么会赚钱，你好好在家带孩子就是了，还出去抛头露面，累死累活的工作干吗？你们家又不缺那点钱。”

这些话，秦姐只是听听，她有一次跟我说：“我不能容忍自己做一个全职主妇，变成一个只会带孩子其他什么都不会的女人。”

当然，秦姐也并不是一个只知道工作，其余全都不顾的女人，她注重家庭以及夫妻生活，她喜欢浪漫跟情调，她从来不让自己邋遢地出现在任何人的面前，闲暇之时她也会抽时间来陪伴小孩成长。总而言之，她是一个有条有理的女人，不会在某件事情上花费太多的注意力，但会分配均匀。

只是，尽管她再优秀，她那位风流倜傥的丈夫最终还是出轨并被她抓个正着。然而，她没有像大部分女人一样，在那一刻像疯子一样去抓小三的头发，去大骂丈夫，她的反应出乎所有人的意料，她走过去，看了看丈夫，又看了丈夫身边的小三，然后笑了笑，说了一句：“不错，你们很般配。”

说完，她优雅地转身离开，之后很平和地走上了离婚之路，两人婚后各自有事业，各自的钱归各自管，秦姐只拿走了自己的钱，没有要丈夫一分钱，但是孩子的抚养权她争取过来了。本来就出轨理亏在先，所以对于秦姐的所有要求，丈夫也都一一答应了下来，离婚很顺利。

离婚后，秦姐并没有回娘家，孩子上幼儿园了，她也是自己接送，有事要忙的时候，才让孩子外婆去接。

从秦姐刚离婚那会开始，身边就不断有人来跟她说媒，秦姐年纪虽然不小了，而且还离过婚带了个孩子，但是她事业有成，人也很有气质，很多人慕名而来，想着办法让人介绍，偏偏秦姐拒绝相亲。

于是，周围的人就开始出现这样的声音：

“你现在年纪不小了，而且还带着个孩子，这女人的青春啊，是过一天少一天，趁现在还漂亮，赶紧找个人嫁了。现在你还能挑一挑，等日子一长，可就说不准啦……”

“小秦，阿姨给你介绍的那个小吴挺不错的哦，事业有成，只比你大两岁，他有个女儿，你有个儿子，你们结婚可就凑成一个‘好’字了，多般配啊。关键，他性格也不错，实诚，要不是他前妻没福气生病走得早，这么好的男人，怎么可能会单着……”

尽管说媒的人费尽口舌，秦姐总是一笑而过，拒绝了所有的介绍人，久而久之，大家给她说媒的热情渐渐褪去，以为她这辈子就不想再结婚了。

谁知过了不久，秦姐带了新的男朋友出现在大家的面前呢，毫不避讳地向所有认识她的人介绍，这是她的男朋友。

大家都很惊讶，因为秦姐的这个男朋友整整比秦姐小五岁，还是未婚，长得跟个偶像明星一样，要身材有身材，要颜值有颜值。有很多人在背后暗暗议论，这年轻的小伙子说是秦姐的男朋友，别是秦姐包的小白脸吧?

但这个谣言很快就被打破了，他非但不是秦姐包的小白脸，而且他的生意做得比秦姐更大，他们是在一次商业聚会中认识的，情投意合，关系发展很快，目前正在热恋中。

秦姐的恋情很快就遭到了周围亲人跟朋友的反对，大家纷纷劝她：

“女人年纪大太吃亏，现在图个新鲜，等这阵新鲜劲过去了，就吹了。”

“你结过婚，还有个孩子，他能接受你儿子吗?

“像他这样年轻长得帅又有为的男人，就算他不沾花惹草，也多的是女的上赶着往他身上黏。”

“等你老了，他还年轻，你该怎么办? ”

听到这些担忧的声音，秦姐笑了笑说：“大家想太多了，现在才只是恋爱期，还未考虑结婚。”

紧接着又有人说：“还没考虑结婚? 你们就是玩玩而已的? 我就知道，这事当不了真! ”

从此以后，大家也没有把秦姐跟小男友的恋情当回事，反正都是玩玩的，指不定哪天就掰了。

因为秦姐也很少带小男友露面，差不多过了一年之后，大家都快忘了这回事的时候，突然有一天，小男友联系上了秦姐所有的亲朋好友，将他们请到一家酒店里，聚在一起。秦姐过来的时候，完全不知道自己的家人亲友都来了，更没想到，他很是花费了一番心思，只为了给她一场盛大、浪漫又极具诚意的求婚。

秦姐后来跟我说，她那天少女心满满地几乎爆棚，那是一场每个女人都无法拒绝的求婚，所以她答应了。

她说其实跟他在一起之后，她就像回到了十几岁的时候一样，每天都满满的少女心，像个孩子一样，没心没肺地笑。

别人都说她跟他在一起，她年纪大比他成熟要顾及他，肯定会很累，事实上，他把她宠成了个孩子，而且让她很有安全感。

一个男人成不成熟，体不体贴，无关年龄，只因人而异。

她知道所有人都在担心有一天他不爱她了怎么办？

打心底里讲，她觉得其实无所谓，未来的事情谁又说得准呢？人生本来就处处充满了变数，他们是否能够白头偕老，她没法伸手去控制，她也管不了那么多。她只要知道，她现在每一天都是幸福的，就已经足够了。

就算未来他跟她分道扬镳，她也没有什么可怕的，她有钱有能力，即使青春不在，她依旧气质卓然，她优秀有魅力，即使没有他，她也一样可以过得很精彩。

看着眼前的秦姐，她说话时目光熠熠生辉，有种笃定的自信生长在她的骨子里，融入了她的血液中。

那一刻我心想，多么有魅力的一个女人啊，身为女人我都差点要爱上她了。

有人认为女人找个年纪小的对象，那就是自寻死路，终有一天女人长了满脸褶子的时候，男人一定会离她而去。

可是，除了秦姐跟前夫的例子外，我们身边那些年纪相当的夫妻，妻子貌美如花，气质卓然，但丈夫依旧该花心还是花心，该出轨还是出轨，最后劳燕分飞的例子比比皆是。

相反的，最近欧洲的某国新总统上任，让人津津乐道的是他有一个比他大二十五岁的妻子，这段关系开始同样遭受了身边的各种阻力，可是他们走到了一起。虽然其间很多娱乐小报会用各种绯闻、离婚的传闻来挑拔离间，因为年龄差这个夺眼球的不分国界的问题，必然会受到不少的嘲讽。然而，她一直不卑不亢地站在他的身边，用怀满爱意的目光看着他，坚定地陪伴着他，最终让他走上了事业的巅峰。

有些时候，当我们做的一些选择有违常理时，常常会被人不看好，甚至打心底里不希望你过得好。

很多人不希望你过得好，因为他们觉得他们的观念跟一些所谓的经验肯定是对的。你过得不好，就应证了他们的观念，如果你过得好，那怎么行？如果我们被这些世俗的眼光跟观念所左右，我们就很有可能活得像一个傀儡，没法真正得到属于自己的幸福。

曾经有记者问过杨丽萍一句话，你是为了舞蹈才不要孩子的吗？

杨丽萍的回答是："有些人的生命是为了传宗接代，有些是享受，有些是体验，有些是旁观。我是生命的旁观者，我来世上，就是看一棵树怎么生长，河水怎么流，白云怎么飘，甘露怎么凝结的。"

每个人观念不一样，经历不一样，追求也不一样，所以，谁也没有资格给另一个人上一道道德的枷锁。而我们每一个人，所见所听所闻，都不会跟任何人重叠，那么属于我们的幸福，别人又岂能知晓跟体会？

在有些时刻，我们宁愿我行我素一些，也不要活在别人给我们套上的道德枷锁中。那样我们才能在这个浮浮沉沉的世界中，抓住属于自己的那丝幸福，让自己心中充满了沉香，不惧一切，幸福得像个孩子一样。

第三辑 婚姻情感：从世俗中脱颖而出

女人如水，也最是感性，常常要兼顾工作、家庭、感情，却往往难以达到平衡，生活中的琐碎一不小心就能将我们蹉跎。

然而生命是一段有限的旅程，开心是过，不开心也是过，积极乐观地面对一切美好与不美好，做一个心有沉香的女子，不浮躁，不抱怨，不懈怠，不忘初衷，无论何时地，保持微笑的弧度，明媚自己，璀璨他人，终能在世俗中脱颖而出。

不要等夕阳西下的时候来怀念最初，人生是一条不可回头的路，越努力的人终将越幸运，努力吧！不为别人，只为做一个连自己都羡慕的人。

从一点一滴开始，从外而内开始，一点点雕琢，一点点改变，终有一天，你会将自己雕琢成最美的艺术品。让自己内心美好，外表舒心，到那时，我们无意中的一举一动，一言一行，皆具韵味。

生当为兰，风姿素雅，灵动而傲气，
秉初心前行，幽静绽放，浮世生香。

第一节　不幸福不是远嫁的错

从古至今，十个父母里面至少有九个都不愿意自己的女儿远嫁。

含辛茹苦养大的掌上明珠嫁人生子已经是一件非常让父母不舍又心疼的事情，更别提远嫁了。一年见不到几次面，受了委屈无处可去，等同失去了原本坚固的后盾，然后凭自己的一己之力，努力去融入对方的圈子，即使受欺负，也只能她一人扛着，而远在异地的父母除了干着急之外什么都做不了，谁会希望自己的女儿去面对这种处境？

诚然，每一个为爱而迁徙的女人，相对来说，在婚姻中承受的压力是大于普通女人的。

不能陪伴父母，父母生病时没法及时照顾，为了不让远在异地的父母担心，有什么苦累、委屈都自己咬牙吞下去。

吵架疲惫的时候，推开家门，却没有别的栖身之地。

难懂的方言，各种不一样的习俗、饮食，以及生活习惯。

从小玩到大的友谊逐渐远离，丈夫成为唯一的依靠。

还有各种各样因远嫁而可能会遇见的困难我就不一一列举了，这些话，经过长辈以及周围的人交流传递，我们每个人都已经耳熟能详了。

可是，我们所追求的幸福，就一定跟远嫁还是近嫁有关系吗？远嫁的姑娘就一定会很惨，而近嫁的姑娘，就会很幸福吗？

小珍跟小莹是两姐妹，小珍是姐姐，小莹是妹妹，两人是双胞胎，一起读书，一起长大。小时候母亲就教导她们，以后长大了一定不能远嫁。

母亲的一番苦心，小珍和小莹是能理解的，女孩子贴心，两人从小就是出了名的乖巧孝顺，但尽管如此，姐妹俩却性格各异。

姐姐小珍有自己的主见，小到吃饭买衣服，大到梦想和目标，她都不会受别人的影响。

小的时候那会儿刚刚流行破洞牛仔裤，小珍在电影里看见后，觉得非常酷，愣是在自己的牛仔裤上也剪了两个洞。

在偏僻的城镇里，这种穿法是让人很难以接受的，导致她每次穿着破洞的牛仔裤出去，都会招人笑话。

面对别人的指指点点，小珍完全不在意，依旧我行我素地穿着破洞牛仔裤穿街过巷。

小莹有些受不了别人的闲言碎语，跑到小珍的面前抱怨，因为小珍的穿着，身边已经有不少的同学在笑话她了，她这个做妹妹的感觉到很丢脸。

小莹的想法让小珍感觉到不可思议，她回道："我穿什么衣服，是我个人的事情，我觉得怎么好看，我就怎么穿，人家觉得我穿得不好看，我就不穿了？这算什么，难道我要一辈子都活在别人的眼光里？你没想过这或许并不是我的问题，而是别人眼光的问题，而我却要因为别人有问题的眼光去改变，你不觉得这是一件很可怕的事情吗？"

小珍说了一连串，小莹却是似懂非懂，她看着姐姐穿着破洞的牛仔裤，微微皱着眉头道："可是我也觉得破破烂烂的牛仔裤很难看啊。"

不久之后，破洞牛仔裤在这个小城镇里终于也开始流行起来，小莹也开始跟着潮流，穿起了破洞的牛仔裤，而她显然忘记了，她不久之前说的那句话：可是我也觉得破破烂烂的牛仔裤很难看啊。

上初中之后，小珍喜欢上了写小说，刚开始写小说的她，没有条件买电脑，只能在本子上自己拿笔一个字一个字写。那会她除了文笔不好之外，字写得也很丑，但是学校里还是有一部分人爱看她写的小说，加之那会语文老师也鼓励她写，还在全班同学的面前夸奖她，于是她更加有动力继续写了。

但是也有一部分人却完全不把她的这个爱好当回事，当着众人的面酸酸地说道："哎哟，小珍你那么喜欢写小说，可得努力写了，说不定以后就能出版了，到时候可别忘了送我们啊。"

话音刚落，周围的同学就开始哈哈大笑。

笑声中充满嘲讽跟看不起。

小珍怎会听不懂呢，其实她自己有几斤几两，她心里也是有数的，文笔一般，故事狗血，关键在这样一个闭塞落后的小地方，出书是一件多么遥不可及的事情，谁看得上她写的那点东西？她又上哪去找出版的渠道？

这种嘲讽的声音也传到了小莹的耳朵里，看着姐姐课余时间基本都在没日没夜地写小说，她心里说不出的别扭，有一次在同学面前听到了一些闲言碎语，她受了刺激就跑到姐姐的面前，将姐姐正在写着小说的本子一把抽出来，让她别再写了，小珍很诧异地看着她。

小莹很是委屈地说道："大家都在笑你白日做梦，写的东西难看死了，字又丑，错别字还多，你以后要是能当作家，太阳都要打西边出来了。"

小珍看着她无奈地摇摇头："我写东西完全是为了自己开心，别人爱怎么说就怎么说，难道我要因为别人怎么说就要把我的兴趣爱好给放弃了吗？"

虽然前路茫茫，可是小珍也没有想那么多，她写小说完全是因为自己的兴趣，只要能把脑子里幻想的画面写出来，她就觉得很幸福。更何况，她写的小说学校里也还是有人喜欢看，她已经很满足了。

于是，她的这个梦想，一直坚持到了毕业之后，机缘巧合之下，她接触了网络，进入了出版圈子，第一本小说就被出版商看中，顺利出版。

有了这个开始，小珍就停不下来了，一直写，也一直都有出书，虽然没有大卖，但是她足以依靠写字为生。

后来，她认识了她未来的老公，因为有相同的兴趣爱好，他们很有话题聊，虽然是异地恋，但跟他交往之后，她再也没有感到过孤独。

小珍老公的脾气很好，对她很包容很细心，性格很也乐观，为人也孝顺，人品上佳。另外他父母都是小学老师，条件虽然不算特别好，但小珍觉得也不会差到哪里去。综合以上各种条件，小珍决定把终身托付给他，哪怕两人之间相隔一千三百多公里的距离。

不出意外，小珍跟老公的婚事遭到了家里人的强烈反对，但是经过小珍跟老公的努力，两人最终得到了家人的同意，然后结了婚。虽然嘴上同意了，但是家人在心里还是很担忧小珍的，别人在他们面前说起小珍的婚事，他们都没有露过笑脸。

所幸不久之后，小莹也结婚了，嫁得很近，早上起床后走路回家都能赶得上早饭，小莹的婚事算是给了父母一些心理安慰。

后来姐妹俩先后怀孕，生孩子，问题也就在这个时候开始初露端倪。

小珍怀孕后，已经退休的婆婆就开始来照顾她，买菜做饭，家务活从不让她沾手，只要是她想吃的东西，小珍婆婆从来不推辞，赶紧就买了做给她吃，而她只负责好好养胎，然后写写字就行了。而老公心疼她远嫁，没什么朋友陪她说话聊天，于是只要是下班休息时间，他基本上都会陪着老婆，也尽量带老婆去参加一些活动，让她多认识些人，扩大生活圈子，让小珍一天过得相当丰富又开心。

反观小莹，婆婆在附近的超市里上班，早出晚归的，小莹不仅要做家务，还要给自己还有婆婆买菜做饭，小莹心里觉得委屈，就干脆回了娘家，整个孕期基本上都是在娘家度过的。那个时候小莹时不时发条朋友圈，说一些类似“世上只有亲妈好”的话，这些话小莹的老公看着自然不开心，他妈妈也很辛苦，她怎么就看不到？

两人不断发生口角，整个孕期争吵不断，小莹在娘家住了一段时间之后，小莹老公让她回婆家去，小莹不肯，两人又是一阵大吵，直到孩子生下来，两人都没有安宁过。

还在月子里头，婆婆就以工作走不开人为由继续回超市去上班了，最后还是亲妈过来照顾小莹坐完月子。后来刚出月子的小莹发现老公出轨，坐完月子，小莹又回了娘家，一直吵着闹着要离婚，在双方长辈劝说之下，两人才打消了离婚的念头。但是有了裂缝的婚姻到底也恢复不到最初，因为工作、生活、经济、感情等各种问题，他们夫妻俩总是吵架、打架，家里总是鸡飞狗跳。小莹爸妈为她也是操碎了心，没有工作，钱总是不够花，还带着个孩子，小莹除了依赖娘家，她没有任何的办法。

小珍虽说在最初结婚的时候因为父母的反对，心情一度低落过，但在老公的陪伴、呵护、理解当中，她渐渐走出来，生活越过越顺心。因为有婆婆帮忙带孩子，她一直没有落下写字，因为她的努力，稿酬越来越丰厚，银行卡里的存款，让她完全不担心未来。

为什么有那么多姑娘会后悔远嫁，会把过得不好的原因都归结到远嫁上呢，因为她们仅仅是被爱情冲昏了头脑，没有考虑远嫁将要面临的问题，即使考虑了也不了了之，还是稀里糊涂把自己给嫁了，所以后悔是必然的。

远嫁的姑娘可以说百分之百都是冲着爱情去的，会后悔，是因为她开始了一场豪赌，把一辈子都赌在了一个男人的身上。等激情与甜蜜过去之后，进入生活的琐碎之时，一地的鸡毛让她无力改变，没法从中走出来的时候，她就顿时感觉不到当初爱情的美好，于是把一切都归咎于远嫁。

为什么又有些人不会后悔呢？

如同小珍一样，除了爱情之外，她结婚之前还考虑过很多问题：

第一，老公的性格温和且乐观，她脾气不好，很容易急躁，刚好跟老公互补，生活中会避免很多摩擦。

第二，老公的人品不错，平时观察他跟朋友家人之间的相处，相信他足以承担起家庭与丈夫的责任。

第三，老公家庭背景跟条件都不错，父母双方都是老师，家庭教育不用担心，生活上也没有后顾之忧。

总的来说，除了是真爱之外，小珍的老公也绝对是可以托付终身的人选。

当然，还有最重要的一点是，小珍有自己的爱好与追求，孤独寂寞的时候，她可以寄情于文字。同时，文字也带给她经济上的支撑，各方面成熟的条件，让她无论是嫁远还是嫁近，她都能够获得幸福。

不幸的家庭是各有原因的，但幸福的家庭一定都是相似的。婚姻是靠自己经营的，双方一起成长，共同呵护包容，方能平安顺遂，幸福长久。

很多远嫁的姑娘，生活过的不如意，或在婚姻中受了一些委屈，就将所有的矛头指向远嫁，认为一切都是远嫁的错。

难道，如果不是远嫁，出轨的老公就不会出轨？如果不是远嫁，婆媳之间就不会有什么问题？如果不是远嫁，家庭婚姻中就不会有鸡毛蒜皮的事情发生？

因为婚后生活的不如意，于是我们就将问题的根源指向远嫁，后悔远嫁。

但是，只要你有足够的能力，别说只有几个小时的距离，就算是国外又如何，照样可以把父母接到身边跟自己一起住。即使因为种种的原因，做不到这一点，可是，只要我们精神跟物质都能独立，远嫁还会是婚姻产生问题的根源所在吗？

所以说，幸福不幸福，远嫁都不能背这个黑锅，远嫁好不好，关键在于你看人的眼光，以及你个人的能力如何。

这一点，无论是远嫁还是近嫁都是必不可缺的。

对于那种内心强大独立、看人又准、有自己主见的女人来说，无论嫁得远近，她都有能力让自己过得很好。因为，她们从来就没有打算依附男人而活，立于浮世，心有沉香，何惧远近？

第二节 感恩的女人不会孤独

朋友安安从结婚开始，她那位婆婆就在安安闺密的心中留下了极不好的印象，结婚这个大好的日子她也板着一张脸，像谁欠了她十万八万似的。婚礼快开始了，她还穿着一身破破旧旧的衣裳，跟平时刚干完家务一个样，哪像个是要参加儿子婚礼的人。闺密忍不住跟安安的婆婆提了句，问她换不换衣服，婆婆立刻就呛了回来，说她没衣服，就这件，让闺密尴尬不已。

安安的婆婆就这样穿得随随便便来到了婚礼上，没有一点喜气的样子，不少人在暗地里偷偷议论着。

婚后安安的生活，在闺密的眼里其实也并不幸福，每次跟闺密聚会时，安安基本不会在外面跟闺密们吃饭。因为她婆婆会把饭菜做好，如果她没回去，公婆能等到十点，一直等到她回家为止。

在闺密们看来，她婆婆家的条条框框实在太多，想想就让人觉得压力很大。除此之外，她婆婆还是个有严重洁癖的人。

有一次安安的一个小表弟去他们家住了一晚，第二天，安安的婆婆就把被子洗了一遍。

婆婆的这种做法，让安安不敢再轻易让亲友过来住了。

闺密们觉得安安实在是太委屈了，安安是一个大大咧咧、不拘小节的女人，跟婆婆生活在同一个屋檐下，简直就扼杀了她的天性。

在大家都为安安叫苦不迭的时候，安安自己却显得没心没肺、无所谓的样子。

大家以为她是为了女儿在忍，就连她老公有时候也会担心她心里会不会因为母亲而不开心。

但安安却反过来安慰身边的人，其实换一个角度看，也是有好处的，虽然婆婆的条条框框比较多，但这就是婆婆的生活方式，她老公能有今天的优秀，跟婆婆的教育方式自然是脱不了关系的，而且这样一来，也可以改掉她平时很多不好的习惯，比如，她生活作息要比以前正常多了，身体素质也增强了。

另外，虽说婆婆有洁癖，但这并不是一个不好的习惯，相反，因为婆婆的这个习惯，她家里从来都没有乱糟糟过，看着别提有多舒服了。

更重要的是，因为婆婆的约束，她跟老公都改掉了很多小毛病，这对于女儿的成长来说是很重要的，至少不会让女儿捡着他们的毛病去学，让她省了不少的担忧。

所以，她婆婆这个人并没有大家所认为的那么让人没法接受，甚至，她身上有太多的优点值得提倡，只要换一个角度想，她非但没有觉得跟婆婆很难相处，甚至还非常感谢婆婆对这个家庭的付出。

谁的身上没有缺点呢？但是，如果只知道放大别人的缺点，而对别人的付出视而不见，不去感恩的话，即使她先离婚再结婚，她的生活也好过不到哪儿去。

因为一个不懂得感恩的人，别人早晚也会对你寒心，届时哪怕你四面楚歌，身边最亲的人也会对你置之不理，那时候的孤立无援才是最可怕的。

安安的一番话说完之后，她的闺密们听着多少有些惭愧，但也受益匪浅，开始反省自己身上的一些不足。

当别人的眼里只看到我们的坏处，却从来不感恩我们的好处时，我们又会是一种什么样的心情？

有一句非常流行的网络语：你觉得轻松，一定是有人帮你承担了属于你的责任。

安安看似没心没肺，但她那颗大而化之的心里面，却存有一种感恩。

因为知道感恩，知道婆婆的付出，所以，其他的一些小问题在她的眼中也可以抹去。毕竟，谁没有缺点呢？她身上不也有很多缺点吗？婆婆还不是一并包容了她？

也正因为如此，安安的婚姻生活，才没有出现别人所谓“意料之中”的矛盾，一家人快快乐乐、和和美美，越过越好。

在我们的生活中，人与人之间的关系是极其微妙的，对于别人发出的好意和帮助，如果我们感受不到，或者置之不理，那么这段关系必然也会生出隔阂。

无论何时何地，我们都不要忘记去思考，我们的工作变轻松了，是谁在做着你原本该做的工作？当我们在享受着生活中的甜蜜与幸福时，说不定有人在为我们付出辛劳。

每个人都是个体，别人给予的点点滴滴，那都是一种生命般的恩赐。

同样的，那些接受别人帮助，却不懂得感恩的人，其实是非常可怕的，这样的人，眼里看到的只有自己，不懂得珍惜朋友，不懂亲情可贵，让他人的一番好意付诸东流。当然，这样的人最终也将会为此付出代价，所有的人都会逐渐离他远去，最后像一座大海中的孤岛，无依无靠，孤立无援。

把别人的错误不断地放大，不懂得感恩的女人，就像是拿着灯在对着镜子照，刺到的终究是自己的眼睛。物质再富有，内心终究是贫瘠的。

任何感情的维系，从来没有毫无理由一味地为别人付出，任何的收获从来也不会是理所当然的，彼此有来有回，感恩生活中细枝末节的温暖，才能在琐碎的平凡中延续成一段天长地久的关系。

如果我们把抱怨跟指责的时间，用来心怀感恩，念着一个人的好，那么我们将越来越美丽迷人。

一个女人的美，是由婚姻、家庭、友情等各种感情的和谐度所创造的。情感越和谐，女人自然也越来越美，灵魂中沉淀着浓淡相宜的香气，散发出最自然最舒服的美，让身边所有人的眼睛，都在你身上移不开，最终成为我们最坚固的依靠。

第三节　必要的时候动点“小心机”

闺密今天跟我吐槽，早上她赶着上班，看见洗衣机里在洗衣服，她想起自己有件衣服没洗，就想着把衣服放洗衣机里一起洗了。

谁知刚拿过去，婆婆就板着脸说，她儿子的衣服在洗衣机里洗。

她一听，有道理，她的衣服不跟儿子的衣服一起洗是对的，毕竟宝宝才三岁，平时她洗衣服的时候都是分开洗的，难得婆婆也懂。

她心想着衣服下班回来再洗，把衣服放回了屋里，上了个洗手间出来的时候，她意外发现洗衣机里除了有孩子的衣服之外，还有公公的衣服。

当时闺密的心一下就沉了，但她急着去上班，忍着没发作，只是在上班的时候，越想越不是滋味。

本来小孩子的衣服确实不能跟大人的衣服一起洗，她一直都是分开洗的，偶尔事情太多没时间洗，婆婆会帮他们把衣服放洗衣机里，没想到婆婆今天不让她把衣服跟小孩子的一起洗，却把她公公的拿去洗了！

“什么奇葩脑回路？”

这是闺密过来找我吐槽时，她说得最多的一句话。后来，她越想越气愤，准备下班回家的时候，好好找她婆婆理论理论，她的衣服不能跟宝宝的衣服一起洗，公公的衣服也不行！

我一听糟了，她这急脾气，搞不好又要跟她婆婆吵一架了，本来因为她婆婆的关系，她跟她老公的感情早就所剩无几了，好几次闺密都提出了离婚，这次再吵，只会雪上加霜。

我赶紧阻止她：“有些话你还是让你老公去说吧，你去说，你婆婆未必能听得进去。”

她明白了我的意思，于是跟她老公去聊了，聊了没一会，她又火冒三丈来找我说，她老公不肯去说，理由是他又没看到，他去怎么好说？再说了他看到了他也不介意。

闺密气得快摔手机了，这已经不是第一次了。比如之前，婆婆熬了点梨子水给宝宝吃，宝宝没吃完，她就直接倒进了饭里面给宝宝吃，宝宝吃了马上拉肚子。闺密让老公去说，老公不去，说婆婆带孩子也挺辛苦的了，作为晚辈，他没资格去说。

闺密当时气不过，老公不去，她就去找婆婆说，梨子水只能适量地喝一点，不能多喝，更不能放进饭里面一起给宝宝吃。

她婆婆是个死不认错的人，咬紧了牙关说只给宝宝喝了一点点梨子水，宝宝拉肚子是因为他自己的肠胃不好。

闺密听了这话更加没法冷静下来，那次她跟婆婆无可避免地吵了一架，吵完之后，闺密看着自己缩在房间里的老公简直心灰意冷。

这次她老公还是不肯站出来说话，以闺密的性子，她这事也不可能就这么过去了的，我心想着，这些事说大不大，说小也不小，尽量不要让它再恶化了。

我跟闺密老公也熟，是六年的同学，于是找他聊了聊，我说："孩子的抵抗力不好，时常生病，茵茵（闺密小名）也是担心孩子，每次孩子生病她都要瘦一圈你也知道的，所以，她不希望孩子的衣服跟大人一起放洗衣机里洗是合情合理的，你多体谅下她这个当妈妈的。"

闺密老公"嗯"了声，说他知道，然后说："我只是觉得我妈一天带孩子也辛苦，去说了，她又要不高兴。"

"首先，老人确实没有义务帮你们带孩子，这是最基本的前提，你理解是对的。但是你们要上班，不能带孩子，你妈也乐于帮你带孩子，因为她也爱孩子。但是老人难免会有一些不太正确不太科学的做法，所以对于茵茵的意见，你也应该理解并支持，只是你也要注意你的技巧。”

“那么，既然你知道你妈妈不高兴，为什么你还让茵茵去说？难道你觉得茵茵去说，你妈妈就不会生气？你们一家人肯定都是心疼孩子的，孩子奶奶肯定也不想孩子生病。只是很多事情，长辈并不知道，你们需要去跟他们沟通，而不是去责怪他们做错了。但沟通也是要看人的，如果是茵茵去，无论是茵茵还是你妈如果一个没注意说了伤对方的话，那话是收不回来的，伤害也是一直存在的，很多婆媳之间的关系越来越恶劣就是因为这个原因。但如果你去说，你妈说什么你不会在意，你说什么，你妈也不会放心里。”

我说了一连串，不等他回应，我又继续说道：“每次孩子奶奶跟茵茵吵架的时候，你夹在中间也不好受吧？你是她们之间的调和剂，你最清楚茵茵跟孩子奶奶的性格，她们之间是因你而产生联系的，如果你不出面，任由她们发展，你觉得家庭还能和谐吗？”

听完我的一番话之后，闺密老公答应我晚上他回去好好跟闺密以及孩子奶奶聊一聊。

跟闺密老公聊完之后，我又赶紧去跟闺密说：“无论如何，你都不要出面跟孩子奶奶说这事了，你们婆媳去沟通，这件小事就会发酵，让你老公找个时间，用好点的语气好好跟他妈说一下就是了，没必要因为这事再吵起来。有些时候，女人就该动点小心机，躲在男人身后，让男人出面。”

第二天闺密兴奋地跑来跟我说，昨天晚上她回家后一直忍着没开腔，吃完饭进屋之后，她老公跟婆婆还在吃饭，她隔着门就听见她老公跟她婆婆提了这事，她婆婆也没生气，几句话就带过了。如果是换成她去说，她婆婆又得跟她吵。

这次事件之后，她就学会了，跟婆婆意见不合的时候，她不会出面，跟婆婆之间的问题就得让老公来解决，这比她去说一次然后无法避免吵一架要事半功倍得多。老公不肯出面的时候，她也不再像以前一样，火气冲冲就自己跑去跟婆婆说了，她就对老公软磨硬泡，直到他答应为止。

婆媳之间的关系是一个永恒的话题，一个新组成的家庭，看似有矛盾的是婆媳，但是真正起着稳固作用的，还是男人。

无论是新进门还是在同一个屋檐下生活了几十年的婆媳，作为媳妇，我们永远不可能通过吵架来解决彼此的分歧。

有时候，你认为你在说道理，但长辈却觉得你不尊重他，碍于面子，也会死不承认有错，你非但达不到预期的效果，最后关系还越来越僵。

争吵只会让原本有理的我们显得不可理喻，原本应该容光焕发的面孔充满了怨气，原本温柔善良的我们变得凶悍泼辣，家庭琐碎的侵扰，严重影响了我们的生活质量，对工作状态也极为不利。

所以，请收起我们的情绪与棱角，不管再糟糕的时刻，我们也不要试图用争吵去占得上风，它永远解决不了任何问题。我们要知道，有些时候，我们不是该忍，而是不要让矛头对着我们自己，该躲在男人的身后，让男人为我们扫清前面的难题。

必要的时候，动一点小小的“心机”，不仅可以换来和谐，更能让我们保持着最初的那个自己，不被俗世所扰，避免成为那个自己最讨厌的怨妇，让自己保持最优雅的姿态，在细水长流的日子里，心有沉香，微笑前行。

第四节　生活是由自己创造的

七七跟我说，她有个发小最近离婚了。她发小叫西西，她是个命运多舛的女人，她的原生家庭像个灰色的牢笼，囚禁了她整个童年。

父母有吵不完的架，闹不完的矛盾，不是冷战就是大吵。每次爸妈吵架，西西就会躲起来，看着他们摔东西的摔东西，拿刀的拿刀，她脑子里会一片空白，身体僵硬，四肢控制不住地颤抖。强烈的不安与害怕，渗透进了她的骨子里，渗入了她的血液中，对她的成长与性格造成了极大的影响。

母亲每天都在说自己的丰功伟绩，抱怨父亲的暴脾气与不作为；父亲心比天高，总想着发笔横财，结果却让家里的生活越来越窘迫。母亲抱怨，父亲暴躁，家里总是鸡飞狗跳，不得安宁，亲朋邻居们从最开始的关心劝慰，到后来冷漠处之不再过问。最后，西西爸妈终于离婚了。

她得知爸妈离婚的那天，一点都不难过，甚至还深深地松了口气，心里有些开心的感觉。

他们终于放过了彼此。

可是，原生家庭带来的阴影却并没有就此离开她，她一直害怕自己将来的家庭也会变成自己的原生家庭一样，所以努力想给自己还有未来的孩子创造一个良好的家庭环境。

然而，尽管她那么努力，可她最害怕的事情最终还是发生了，从恋爱到结婚，她跟老公基本没有什么矛盾，婚姻状态是幸福的。自从有了孩子之后，一切就开始变了，婆婆以帮他们带孩子为由加入了他们这个家庭。然后这个家庭就跟她的原生家庭模式越来越像，每天免不了口角争吵，因为孩子跟各种的生活习惯问题，家里一阵阵鸡飞狗跳，原先的幸福感荡然无存，只剩下了痛苦。

最可怕的是，无论发生什么矛盾，老公总是站在婆婆那边，总以“母亲带大他不容易”“母亲愿意帮忙带孩子就是天大的福分，作为晚辈不该多嘴”“我就是我妈这么带大的，我都没问题，我儿子能有什么问题？”“我妈活了那么大年纪了，性格养成了是改不了的，我们能做的，只能改变我们自己”为理由。

这些话成了老公的口头禅，不管发生什么事情，老公从来不会站在她的角度来解决事情，永远都只是让她一忍再忍。

她最终也没能忍下去，她害怕自己越过越像曾经的妈妈，于是在孩子不满三岁的时候，就跟老公离了婚，因为没有经济基础，孩子归老公抚养。

离婚后的她也并没有解脱，她每天都过得很痛苦，在跟七七聊天的时候，她就将自己的痛苦都归根于她的原生家庭。因为原生家庭的不美满，因为她的成长环境糟糕，才会让她走到今天这一步。

她问七七该如何才能摆脱来自原生家庭的痛苦，她这一辈子难道都走不出来了吗?

七七向我转述的时候，我听着有些诧异。无法否认，一个糟糕的原生家庭带来的伤害跟影响的确是存在的，但并非是无法改变的。然而，如果你不仅受了影响，还不断去放大它带来的伤害，将自己深陷在里面不能自拔，其实问题的根源已经偏移了。

西西生活在那样的家庭中，潜意识会认为家庭问题一定是受她原生家庭所影响，从而忽略了她的家庭问题只是来源于跟婆婆的摩擦，以及丈夫没有在这个家庭关系中起到调和稳固的作用，从而导致婚姻破裂。

我从一个旁观者的角度来看，西西把如今这种糟糕的现状归根于原生家庭，却忘了作为一个成年人，本就该接受人生中的各种不完美，我们过得好与不好，都是自己努力的成果，选择的结果。遇到不如意的事情时，我们该做的是去解决实际的问题，而不是沉浸在过去的痛苦中哀怨不已，如此一来，除了给自己徒增烦恼没有任何好作用。

要知道，糟糕的原生家庭只能代表我们的过去，不能代表我们的将来，作为一个成年人，将来是把握在我们自己手里的，是由我们自己来负责的。

原生家庭的创伤带来的伤害大于我们自己的力量时，我们就会处于被动的状态，当我们的力量大于它的时候，创伤自会自愈。这是一个需要恒心、毅力的过程，如果创伤仍然存在，仍然在继续扩大，那不能说是原生家庭的错，只能证明我们还不够强大。

如果我们只想通过外界的力量来将我们从过去的痛苦中抽离出来，那终归是治标不治本，只有从内心深处找力量，直视痛苦的存在，接受它，然后再越过它，方能向它道别。

我有个同学小邱也生长在一个环境糟糕的家庭中，父母双方的性格都非常要强，一言不合就吵得邻里人尽皆知。

那时候邻居、亲戚都非常可怜小邱，然而小邱却从来没有对任何人哭诉过，在父母吵架的时候，她塞着耳机做作业。吵得实在凶，让她根本没法做作业，她就背起书包出门。在家附近找个亮堂的地方做作业，等家里安静了，她才回去，自己做饭自己吃。

尽管家庭环境非常恶劣，但小邱的成绩一直优秀，从开始的中等名次，渐渐上升到班上的前三名，然后就一直高居不下。

小邱的努力我们看在眼里，有一次，她难得没有在课余的时间学习，而是跟我们几个小姐妹凑在一起聊天。

聊到小邱的家事时，她也并没有忌讳，反而对我们非常坦率地说："我很讨厌我爸妈吵架，不仅讨厌，甚至是厌恶。我不喜欢这样的家庭氛围，我要逃出去，而我唯一的出路只有好好读书，然后考上一所很远很远的大学，然后在很远很远的地方工作，我要靠我自己，我不依赖他们，他们也就伤害不到我了。"

这样的一番话，从一个十几岁的小姑娘嘴里说出来，当时同样也只有十几岁的我听着是相当震撼的。

当然，除了震撼之外，年幼无知的我，也并不知道小邱的这等觉悟到底是好事还是坏事。

不过后来，小邱终于如愿以偿，考取了一所北方的大学，与家乡相隔数千里，一年半载也难得回来一次，我们唯一的联系方式就是QQ，但在QQ上也很少聊天，只偶尔在空间里看她发的一些照片，得知一些关于她的近况。在那个冬天满是冰雕的寒冷城市，我从她的脸上看到了温暖的笑容。

参加工作后的第一年，我回家过年时，妈妈跟我说，小邱的爸妈离婚了，是小邱促成的。

几天后的同学聚会，我见到了小邱，聊到了她爸妈离婚的事情，小邱依旧毫无保留，很坦荡地说道：“他们吵架打架都是家常便饭的事情，彼此折磨了那么多年，却一直以顾及我为由，死都不肯离婚，我觉得好笑，他们是在自欺欺人吗？彼此折磨天天吵架弄得整个家每天乌烟瘴气，就是为了我好吗？这样的好，我不需要，两个人在一起那么痛苦，与其每天担心他们会不会拿椅子砸对方的头，然后头破血流地出现在我的面前，不如劝他们早点分开。我不需要他们为我筑起这样的一个家，我自己想要的家想要的生活，我自己来创造。”

三年后，我收到了小邱的结婚请帖，在婚宴上，我看到了新郎，他个子不高，相貌普通，一笑眼睛都眯了起来，这是我在他脸上看到的最多的表情。

小邱说她的丈夫是个脾气特别好的人，跟强势的她互补，体贴她，迁就她，包容她。

而她也是个惜福的人，原生家庭的悲剧没有让她对婚姻家庭产生恐惧，只是让她引以为戒，她很珍惜跟老公的感情。以跟老公齐心筑就一个温暖的家庭为首要目标，然后生个孩子过上幸福的小日子也就是水到渠成的事情了。

每个人的成长环境对个人的影响绝对是无法避免的，我们受了父母的影响，习得了他们的言行，生活得很压抑。小的时候，我们或许无力改变自己的生活，但成年之后的路就是自己决定的了。

接受自己的原生家庭，承认我有这样的父母，同时感恩父母给予的生活并抚育我们长大成人，然后在心里跟他们告别：谢谢你们，现在我要开始属于自己的人生了。

当察觉到我们的原生家庭对我们产生了不好的影响时，我们绝对不能把时间浪费在抱怨上，因为它是在提醒我们该提升自己了。

你可以通过各种适合自己的方式，比如“努力工作、加倍学习、该放松了、该锻炼了、该阅读了”等等促使自己心智达到一个成熟的、健康的状态。

当然，我们首先必须让自己独立起来，无论是精神独立还是物质独立。在此，我认为精神独立最为重要，只有我们精神独立了，才能处理好各种关系，然后在关系中滋养着彼此。

把生活过成什么样是由自己决定的，我们如果把决定权交给父母、公婆、丈夫以及身边的任何人，那都是一种对自己不负责任的态度。同样的，当我们内心足够独立、强大、丰富，谁也干涉不了我们的生活。

第五节　我们往往把关心当累赘

朋友小新向我们宣布，再过两个月，她跟老公就要搬去新家了，终于可以不用和公婆在一起住了，她马上就要解放了！

要知道，自从结婚之后，她就一直跟婆婆住在一起，结婚半年，可没少跟我们这群朋友吐苦水。她偶尔忘记关灯，婆婆都要说她一番。吃饭的时候，婆婆的眼睛净盯着她碗里瞧，只要没吃干净就放下碗筷，她绝对又会挨一次说。每次即使吃到撑了，她都不敢剩饭。有时候实在吃不完，偷偷倒一点饭菜，也跟做贼似的。除此之外，她家饭桌上几乎每顿都会有剩菜，吃不完放冰箱里，第二顿继续吃，可以连续两天吃同一份菜。诸如此类的事情，她说一天都说不完。

所幸她跟老公买了新房，装修好再过半年就可以住进去了。

开始搬家那天，她还在微博里大肆晒图庆祝了一番。下面一帮好姐妹都在跟她留言道喜，很是热闹了一阵。

但是正式住进去的第一天，小新就在朋友圈里发了一个哭的表情，并配了字：打扫卫生真不是女人能做的事情。

接下来，她不断更新类似这样的消息。

比如菜炒焦了，打碎了她想给老公做一顿爱心晚餐的愿望。

比如洗衣服的时候，她忘记把不能机洗的衣服拿出来，一股脑儿全部塞进了洗衣机里，结果一件上千块的衣服就这么报废了。

总而言之，搬完新家之后的生活，并没有小新想象中的美好，甚至无比糟糕。

未婚的时候，小新是家里的独生女，爸妈从来不会让她沾手生活中的事情，对于做家务，她完全是一片空白。结婚之后又跟公公婆婆住一起，平时家里大大小小的事情，婆婆一手包办，小新同样不需要操心。直到如今她过上了盼望已久的二人世界，自己身上的弊端展露无疑之际，她才发现了跟自己的亲爸亲妈一样，婆婆也是在付出的。只是平时在婆婆的唠叨中，婆婆所有的好，她都看不到，甚至把婆婆的一些好，看作是累赘，产生了各种抱怨跟排斥。

你有没有发现，很多时候，当我们三三两两聚到一起谈论到各自的婆婆时，很容易就能说出一堆婆婆的坏毛病来，还没有接触过，就能理直气壮地发表出长篇大论来。

事实上，或许不是婆婆这个人有什么问题，而是我们对婆婆的身份有偏见，太过敏感。所以，无论婆婆这个人说了什么话，做了什么事情，我们就会像刺猬一样，反射性地对她做出防备的姿态。那么，接下来的一系列后续发展，自然也绝对称不上够理智与真实了。

可是，当我们重新调整好自己的态度，更加客观、实事求事、就事论事来看，婆婆这个人，真的有那么糟糕吗？

前几天看了一个新闻，一个90年出生的中国小伙子阿杰，是一位在法国读书的研究生，他在读研期间举办了一场以“中国风”为主题的展览，这场展览来了很多的法国人观展，其中就有阿杰的未来的妻子安妮，两人一见钟情，感情迅速发展。

安妮对中国文化深深着迷，在阿杰研究生毕业之后，安妮跟着阿杰一起回到了中国。儿子出国多年，好不容易把儿子盼回来后，安妮的公公婆婆无论如何也不希望再跟儿子分开。于是，回国后小两口就跟长辈住在了一起。

在同一个屋檐下住了一段时间之后，安妮跟阿杰在长辈们的催促下领证结婚了，婚后继续住在一起。安妮生活没有太多的变化，白天上班，下班空余时间她爱跟婆婆一起去公园学中国功夫，对于婆婆的中国功夫，安妮很是崇拜，甚至还招来不少的洋学生跟着婆婆一起学，每天都很开心。

在中国待久了，安妮自然也交了不少本地的朋友，在与朋友聚会的时候，大家一起聊了家庭问题，跟安妮要好的一个朋友问安妮，她觉得她的婆婆怎样。

说到婆婆，安妮一脸崇拜跟欣喜。

安妮的婆婆除了会中国功夫之外，还是武术比赛的裁判员，她经常跟着婆婆去观看这些比赛，领略了武术的神奇，见证了很多精彩的时刻。她还有很多朋友，无论中外，都喜欢跟着她婆婆学习武术，对她婆婆的功夫赞不绝口。

她觉得这辈子能做她婆婆的儿媳妇是一件非常幸运的事情，几乎每天都能吃到她婆婆做的中国菜，婆婆每天都换着花样地做，每天吃饭都是一件非常幸福又享受的事情。她最近正在学做中国菜，有机会也想做给婆婆跟老公吃。

除此之外，她觉得她的婆婆非常地关心她跟她的老公，结婚之前会问他们什么时候结婚，结婚之后，又会问他们什么时候生孩子，对于她跟她老公的感情很是关心。

她的回答让她的朋友们非常意外，朋友们问她，难道她不觉得被“催婚”“催生”很烦吗。

安妮笑着说道，这是婆婆对她跟老公的关心，这是善意的，她感激跟开心都还来不及，为什么要烦？

朋友们又问，那她想这么快结婚、这么快生小孩吗。

安妮继续笑着回答，她从第一次见到老公的那一刻起，就想嫁给他了，婆婆的关心只是让他们水到渠成而已。至于生孩子，她很喜欢小孩，可是目前她还不适合生，想过一段时间再考虑这个问题，经过沟通，婆婆能够理解她。

对于安妮来说，这绝对不是一件让人难接受的事情，反而婆婆的关心让她觉得心里暖暖的。

安妮的回答，让在场几位已婚的女人心里略略感觉有些惭愧。

为什么安妮能把“催婚”“催生”这种事情看成是关心，可是，自己却只感觉到烦呢？

我们不妨更加客观地去想一想，自己的婆婆真有那么糟糕吗？还是说，我们只是习惯性觉得婆婆就是不如妈？当我们心里产生了这种意识之后，就会把来自婆婆的付出与关心当成了累赘，排斥又厌烦，甚至净往坏的方面想，婆婆催生不就是把我当成生娃工具，不就是想传宗接代吗？

事实上，我绝对不能排除有观念陈旧的人确实带有这种想法，但是，现在的人思想大多都开通了，我们是不是可以这样想，婆婆催生或许是想趁他们还不是太老，他们可以帮着带孩子，这样不会对年轻人的工作有太大的影响呢？即使不能帮着带，那老人是不是想着，早点生，身体比较容易恢复，对年轻人比较好呢？

总而言之，即使婆婆跟我们的观念不一样，但是作为一家人，她们的出发点一定是好的，长辈对晚辈的关心，也不会是假的。

不管在什么情况下，我们都不要戴有色眼镜去看待每一个人，不要被一些外在的观念所影响，无论是婆婆，还是我们身边的其他人，每一份付出跟关心都不是理所当然的，当他们向我们抛出这种善意时，我们应当心怀感恩，而不是去胡乱揣测。

当我们把任何人的关心，都往好的方向想，我们的生活里自然也都是充满光明的。当我们因为一点点的不顺心，就一概而论，把别人的好也想成了坏，一律否认，那我们的心又怎能寻找到美好的一面？我们的生活又怎能幸福？

别人愿意为我们付出，哪怕是一个不经意的小举动，只要是善意的，我们要把它当成恩赐，用心享受，用心回报，有来有往，潜移默化地，生活自会越来越融洽，日子也会越过越幸福。

让我们抛开世俗一概而论的偏见，善待身边的每一份恩情，不要辜负她最初的温柔，感恩她的好，拥抱她的不完美，让我们的心中洒满沉香，绽放出明亮的光芒，心中的光不灭，世界自然也不会对我们熄灯。

第六节　幸福是无法复制的

记得前一段时间，姑姑在朋友圈里晒了一堆她刚买的护肤品，原价要七千多一套，打完折只要三千多，她觉得十分划算，还沾沾自喜地留了文字：女人一定要对自己好一点！

我当时看到之后，第一反应就是给姑姑留言：你肯定被推销了。

姑姑回答我说，不仅她买了，她身边的那些朋友也都买了，她有个朋友之前买了一套打了五折，觉得很划算，又去买了一套，然后姑姑也去买了。

我问她：你曾经用过这个牌子吗？你觉得这个牌子的护肤品适合你吗？

姑姑说没用过，但她问过她们，她们都说这个牌子不错，于是她就一口气买了两套。

我听完便觉得心里隐隐不安。

但是姑姑沉浸在省了钱的喜悦当中，我也不好多说什么，而且她买都买了，木已成舟，我说多了也不过是扫她兴而已。

后来过了差不多半个月，姑姑突然跟我视频，我接通后吓了一跳。她整张脸又红又肿，几乎快哭了一样跟我说，她对那个品牌的护肤品过敏，问我有没有专门针对过敏的护肤品。

我跟她说，护肤品里大多含有化学成分，你现在最好什么都不要擦，每个人的皮肤都是有自愈能力的，等好了之后，再去找一种适合你用的护肤品。

姑姑听完我说的话后，很沮丧地点点头。她说其实她也知道现在什么都不擦是最好的，只是她现在每天看着自己这张又红又肿的脸就想擦点东西快点好起来。

我只好安慰她：欲速则不达，忍一忍。

因为她对这套护肤品过敏不能再用，这些护肤品对于她来说就没用了，可是她花了这么多钱又很是心疼，于是在朋友圈里发了条信息，要把那套大牌护肤品给转出去。然而，这条信息姑姑在朋友圈里连发了一个多月，都无人问津，她的那几千块钱也打了水漂。

像姑姑这样的例子，在我们生活中其实不胜枚举。随着现代人的生活品质越来越好，也有越来越多的人追求大牌，觉得定价越高就越好，再加上商家放出各种各样的噱头，换着花地促销打折，不经意间就迷惑住了我们的眼睛，让我们控制不住地就将这些东西买下来。一来，是因为这些东西的价格贵，平时买不起，打折买不仅划算，还可以省下一大笔钱；二来，还有我们盲目的从众心理，别人都觉得好的东西，那一定就是好的，买下来准没错。

也许的确是这样，有口碑的东西，好过一些没有知名度的东西。它们贵，大牌，就像我们说的高端大气上档次，不仅可以提升我们自身的品质，更可以满足我们内心的那一点虚荣心。

可是，我们想过没有，那些大牌且贵的东西就一定是好用的吗？它们也一定都是适合自己的吗？每每当我们下定决心，准备大花一笔，好好爱自己一次的时候，高高兴兴地买下了一些平时不舍得买的打折奢侈品，满心以为自己占了大便宜，最后拆开使用后却发现那些东西根本就与自己不搭调。

那么相同的，跟买东西一样，我们人与人之间相处相交相合，是否也存在着这种规律？

琪琪参加工作三年，因为忙于事业，她一直都没有时间交男朋友，家里的亲戚都很为她着急，私下里也给她安排了不少相亲。

有一次相亲，琪琪相到了一个长得帅，家里条件还很不错，学历和琪琪也相当的男人，亲戚们都说他们郎才女貌，十分般配，让琪琪和他相处一段时间看看。琪琪见对方有礼貌，待人处事还比较周到，和自己也算聊得来，当然，琪琪是个温顺的性子，很少有人跟她聊不来的。于是，他们就顺其自然地在一起了。

琪琪长这么大，还是第一次谈恋爱，并没有什么经验。而这个男人也对她很好，不仅接送她上下班，假日里带她四处游玩，还时常送她一些精致昂贵的礼物，经常有惊喜出现。这让琪琪的那些闺密好友羡慕不已，都说琪琪上辈子拯救了银河系，才找到一个极品男人。

没多久，在琪琪完全没有准备的情况下，这个男人向她求婚了。但琪琪犹豫着并没直接同意。因为她不知道这个男人是不是真的适合自己，而且她和他在一起的时间也并不长，彼此并不是十分了解。只是，家里人却都乐见其成，身边的闺密们更是一个劲地跟琪琪说，这个男人长的很帅，那么有钱，还对她好，是打着灯笼都难找到的好男人。

就在家人和朋友的劝说怂恿下，琪琪最终点头答应了，按家乡习俗和这个男人订了婚，等年底再结婚。

只是，订婚没两个月，琪琪和她未婚夫就出现了问题。

起因是琪琪的闺密告诉她，在外面看到琪琪的未婚夫和别的女人打情骂俏，关系暧昧，然后她又意外地接到了一通别的女人打给未婚夫的电话，琪琪这才发现，自己的未婚夫在外面有不少的“红颜知己”。而因为这件事，琪琪和她未婚夫吵了起来，未婚夫并不觉得自己有什么错，说哪个男人身边没几个女人？说她小题大作，不信任他。

其实订婚之后的一段时间里，他们已经出现不少问题了，比如琪琪喜静，周末休息的时候，她可以在家里煮一壶茶，看一本书，就这样度过一下午；而未婚夫却是个坐不住的人，一到休息时间就呼朋唤友出去各种耍乐。琪琪是个作息规律的姑娘，而他每晚不耍到两三点就不睡。因为这些观念上的不合，以及生活习惯上的各种小摩擦，再加上他喜欢拈花惹草，琪琪觉得心身疲惫，跟未婚夫提出了分手，让家里去退婚，她不想嫁给这个男人了。

毫无意外，她的决定遭到了父母亲戚的强烈反对。亲戚们都劝她说是人都会有缺点，都会有做错事情的时候，这个男人长得帅，家里有钱，条件甩别人几条街，让琪琪别太挑剔，而且女孩子订过婚再退婚，也会被街坊邻居们嘲笑。但琪琪却很坚持，顶住了家里人的反对和外面的各种流言蜚语，毅然决然地和这个男人退了婚。她不想和一个三观与自己不合、喜好和自己不一的人结婚，一辈子那么长，她要找一个自己真正喜欢，也适合自己的人，而不是勉强找一个条件好的凑合。

退婚之后，琪琪认真工作，把业余的时间用来充实自己，健身、读书、旅游，将自己调整到了最佳状态，完全没有被之前的退婚所影响。值得庆幸的是，没多久，琪琪在参加一场读书会时，遇到了一个各方面都很契合她的男人。他长得普通，家境也一般，但他们有共同的爱好，三观更是一致，更重要的是，他十分有上进心，对琪琪更是好。他记得他们的每一个纪念日，虽然不会花言巧语，也不会经常出现所谓的小惊喜。但是琪琪的生理期时，他会及时给她准备红糖水，叮嘱她注意保暖，不让她碰冷水，只要下班有时间，他都会下厨变着花样给她做好吃的。周末的时候，他可以哪里都不去，陪着她抱着一本厨艺方面的书啃得津津有味。他更没有杂乱的男女关系，与女同事们都保持一定的距离，还时常将琪琪挂在嘴边，一点也不在意别人说他是女朋友奴。

后来，琪琪和这个男人顺利地结婚生子，但他们的感情并没有像别的夫妻一样归于平淡，反而越来越好。琪琪放弃了那个别人都觉得好的男人，却拥有了让周围所有的人十分羡慕的婚姻。

我们从琪琪的这件事情上可以看出，和一个人在一起，比起优越的外在条件，更重要的还是他的内在，是他和你有没有正确而统一的三观，有没有精神上的融合，他是不是真的适合过一辈子的人。

生活里，有好多的姑娘到了结婚的年纪，被家里人身边人劝说年龄大了就找不到好男人了，遇到一个条件还可以的，就匆匆地把自己嫁了。然后婚后开始面对各种各样的问题，吵架，生活习惯上的摩擦。更有的到了要离婚的地步，却又因为一些现实的原因，不得不继续将就着在一起。

这样的生活，是我们想要的吗？

每个人的人生轨迹都是不一样的，不是别人都觉得好的东西，就一定好。生活品质、爱情婚姻都是如人饮水，冷暖自知。比起一味地听从别人的劝解屈就于所谓的现实，我们要做的，是遵从自己的内心，不被任何的外在、天花乱坠的表象束缚住思想。

遇到错误的人，及时去纠正，勇敢选择放手，别因为一些所谓过来人的忠告就选择了将就，勉强和人过一辈子。要知道，我们努力地考大学，认真地工作，穿漂亮的衣服，画精致的妆容，将自己培养得这么优秀，不是为了到一个不适合自己的男人身边，委屈着过完一生。

我们要坚持自己内心的想法，不要盲目地追求表面上一些虚浮的东西，再好看再有钱，精神领域不统一，价值观念不一致，那终究跟真正的幸福背道而驰。就像再贵的化妆品用在脸上都会过敏一样，不管它打完折多便宜，牌子多响多名贵，不适合就是不适合。

人的一辈子那么漫长，每个人的幸福都无法复制，我们只有穿合身的衣服才优雅，用适合自己的护肤品才漂亮，跟一个与自己精神领域契合、三观统一的人在一起才能获得真正的幸福，不把别人的追求强加在自己的身上，我们才能活出独一无二最美好的自己。

第七节　水的质量跟杯子无关

有这样一个小故事，据说几位老同学在毕业十几年之后，相约一起去看望当年的恩师。恩师非常高兴，跟他们聊了很多当年的趣事，恩师一直念着他们，他们自然也记得恩师。师生几个聊了一会之后，恩师关切地问他们如今过得怎么样。

这个话题一展开，几位学生就开始大吐苦水，生意场上的波折起伏，仕途上的受阻，生活烦恼多，工作压力大……一个个仿佛成了这个世界的弃儿，满腹牢骚，没有一个是顺心如意的。

恩师看着他们笑而不语，紧接着他就起身去了厨房，一会出来的时候，他拿了很多杯子，有陶瓷的，有玻璃的，有不锈钢的，也有塑料的一次性杯子。恩师把杯子放桌上，对他们说道："你们都是我的学生，我就不把你们当客人看待了，自己想喝水就自己倒吧。"

刚刚大家说了不少话，这会确实也有些渴了，于是纷纷拿起桌上的杯子，自己倒了水喝。

恩师笑吟吟地看着他们把水喝完，然后问他们："你们为什么不用塑料杯子喝水呢？是塑料杯子里的水不好喝吗？"

学生们一听立刻摇头解释道："没有没有，我们只是习惯性去选择好的东西，毕竟谁都希望自己喝水的杯子看着更舒服一些。"

"但你们口渴时需要的是水，而不是杯子，不是吗？"

学生们愣住。

恩师接着说道："这就是你们痛苦的根源，明明需要的是水，却非要在意杯子好不好，漂不漂亮。如果把水比作生活，那么杯子就是工作、金钱、名利，它们只是我们用来盛起生活之水的工具。其实，杯子的好坏并不影响水的质量，如果我们只顾着花时间去纠结杯子的好坏，那我们哪有时间品尝水的味道？这不是自寻烦恼，得不偿失吗？"

人这一生说长不长，说短不短，我们在有限的生命里所追求的，不过也就是为了能够与幸福并行。

然而，很多时候我们都忘了，我们需要的是"水"，而不是"盛水的杯"。于是，我们往往被一些原本不那么重要的东西所困扰，从而忽略了自己的本心需求，而决定这一切的，是心态。

心态决定生活品质，有钱不一定快乐，没钱同样能幸福，钱财是身外之物，它应该由我们来掌控，而不是我们被它掌控。

人一但不把一切外在的东西看得那么重要，不去自寻烦恼，不让自己陷入黑暗中不能自拔的时候，前方的路途自然越来越光明。

林霞是我老乡，也是我小学跟初中的同学，家里两姐妹，经济条件差。家里就两间房，她和妹妹一间，父母一间，而且房子早就破烂得不成样了。总的来说，她应该算是我们班上条件最差的了。

然而，从小时候开始，她就是我们班上的开心果，无论男女，大家都喜欢围着她转。因为她胆子大，敢做别人不敢做的事情。她个性直率，心里有什么就说什么，但绝对不会不给人面子，分寸也拿捏得好。

放假的时候，一大帮同学就爱跟着她一起去郊外游玩，下河捉鱼，爬树摘果子。平时同学们没做过不敢做的事情，她都能做给同学们看，带领他们一起玩。她虽然大胆，却也从来没有让任何人出过事情，跟她在一起玩的时候，同学们几乎乐不思蜀。

后来长大了，林霞家里的条件还是不好，她出去工作赚的钱，基本给了家里，同学聚会的时候，就她穿得最寒酸。而且，那会她爸妈感情也不太好，经常吵架，有一次吵得尽人皆知，整个镇都传开了，她身边的人看着都为她忧心。可是，她却完全没有大家想象的那样愁云惨淡，她想得开，她直言不讳地对同学们说：“我倒是希望我爸妈能够尽快离婚呢，天天这么吵，看着都累，赶紧离了好。”

她这样一说，关于她家里的事情大家也就一笑而过了。

在同学们面前，她依然是以前的那个林霞，爱开玩笑，爱耍闹。因为她有在，整个聚会的气氛热热闹闹的，大家都非常迫切地期待下一次的同学聚会。

后来林霞结婚了，老公家经济条件不好，甚至比她自己家还差。当时，她就是冲着她老公的颜值去的，她说没有钱，看着那张好看的脸心情也舒服啊。

大家都劝她，一定要谨慎考虑再考虑，毕竟嫁个太穷的男人，自己实在是太累了。

可是她最终还是选择了嫁给他。

婚后的生活，如大家所料，她跟老公过得很是拮据，尤其怀孕过后，她基本上天天住在娘家，靠娘家接济。同学问她有没有后悔过，她笑了笑说：“我爸对我说，日子只会越过越好的，现在我都觉得能过，以后不是就更好过了？”

她乐观的心态让所有人都不好意思去可怜她。

即使是在她怀孕的时候，还是会有很多人去找她聊天，她的幽默与乐观，总是能给予人满满的正能量。

孩子快上幼儿园的时候，受经济所迫，林霞也正式告别全职妈妈，开始外出工作。起初，林霞没有文凭，又这么久没有出来工作，处处碰壁，好不容易找到份工作，工作时间长不说，要求还特别严格，福利待遇也很一般。这时又有朋友问她后不后悔，她却笑着不以为意说："我现在自己赚钱自己花，养活我自己。在我老公面前我腰杆挺得直，家里不管有什么事，他都要让我三分，我觉得这样的生活也挺好的。"

她的笑容里全是坦荡，让人不得不相信她所言非虚。

俗话说，爱笑的女人运气不会差。

这话不假，因为林霞以乐观的性格感染着身边的人，身边的人也情不自禁地喜欢跟她接触，感受着她身上满满的正能量。

也正因为如此，林霞身边也不缺愿意帮她一把的人。工作一年之后，林霞自知这样下去一辈子都没法走上"发家致富"的道路，于是她想到了做生意。她有想法，但缺钱，朋友得知她的想法之后，都没有问清具体情况，就直接给她打了一笔钱让她用来投资。

朋友并不是觉得她的想法多么的好，而是完全信任她这个人，无论何时何地，都能积极乐观地面对，单凭她的性格，就值得投资。

虽然第一笔投资来得很轻松，但是她的想法真正要实行起来，也遇到了不少的阻力。但这个时候，陆续有不少的朋友出来“顺手”帮她一把，让她度过了好几个难关。这样过了一年，她的生意终于慢慢有了起色，她原本性格就乐观，出现了好的苗头，自然干劲更足，生意越做越火爆。后来她买房买车，把孩子也接到了自己身边，该有的都有了，比那些之前嫁得好的女人，过得更加风生水起，光芒焕发。

一个不把幸福与快乐寄托在金钱、名利、背景上的姑娘，她能够在最低处的尘埃里开出花来。能忽略杯子的好坏，只注重水的品质，她的成功看似偶然，其实必然，即使走不到最成功的那一步，她的人生也差不到哪儿去。

被很多异性欣赏的姑娘不一定很好，但是被很多同性欣赏的姑娘，一定差不到哪儿去。林霞的身上有种幽默、开朗、积极的能量，可称之为正能量，人们通常喜欢跟有正能量的人接触。这样的人即使待在她的身边，都会感觉到很舒服，相处久了，必然也会被其正能量所感染。

相反，一个见人就抱怨这抱怨那，鸡蛋里都能挑出骨头来的姑娘，她身上的那股子消极的力量，也会让人不知不觉地去避开她。如果所有的人都不愿意去接近她了，她又如何去遇见生命中的“贵人”呢？

做一个充满正能量的姑娘吧，只要我们心够宽，很多的烦恼其实也就那么回事，我们不理睬它们，它们又能奈我们何？当然，有些由先天或外在条件带来的烦恼，是不可避免的，我们无力去改变，但是我们可以尽可能去减少它给我们带来的影响。

生命是一段有限的旅程，开心是过，不开心也是过，积极乐观地面对一切的美好与不美好，做一个心有沉香的女子，不浮躁，不抱怨，不懈怠，不忘初衷，无论何时何地保持微笑的弧度，明媚自己，璀璨他人，终能在世俗中脱颖而出。

第八节　女人要及时地优雅转身

有位读者给我留言，前段时间，她发现她男朋友跟几个朋友一起去了按摩店。深夜十二点的时候去那种地方，闭着眼睛都能知道他们去那里准没好事。

为此，她跟她的男朋友大吵了一架，但最后不了了之，本来她是占了绝对的理的。然而，吵架的过程中男朋友指责她不是处女，既然她给他的不是完璧之身，他为什么不能偶尔跟朋友出去玩一玩?

因为不是处女之身，她一直觉得愧对男朋友，之前男朋友一直没有说什么，她以为男朋友是不计较的，没想到他都记在心里。

我看完留言后很是惊讶，忙问她现在跟她男朋友分手没有，她却反问我，为什么要分手?

男朋友虽然有直男癌，但是一直都对她挺好的，舍得为她花钱，平时还下厨做饭，除了介意她不是处女之外，没有别的问题了。那次去按摩店的事情，她从他朋友那里也了解清楚了，那天他也是因为朋友再三怂恿，他才去的，他平时是不会去那种地方的，而且，他也保证了，以后绝对不会再去。

听完她的想法，我一时间无言以对，只问她，那你今天来找我，是想说什么呢？

她说她现在挺茫然的，担心男朋友以后还会拿她不是处女的事实再来说话，不知那时她该怎么办。

当时我听着她说的话，心里有那么一阵其实也为她感到气愤的，气愤她看问题看不到重点，气愤她身为女人不能好好爱自己。

但是气愤之后，我的情绪很快平静下来。每个人的经历不一样，想法自然也有差异，我无权对她的一些想法做出过多的置喙。

思索了一下之后，我对她说："那层膜丢失已成事实，你要知道，那层膜不能代表一个人品质的好坏。一个男人如果真的爱你，难道爱的不是你的品质，而是你的那层膜吗？

"另外，他去按摩店找小姐，本身就是他做错了，他却在这个时候，把你的过去搬出来堵你的嘴，你觉得，你真的有错吗？"

"在爱别人之前，一定要先好好地爱自己。"

这次跟她聊完之后，她很久都没有来找过我。消失了大半年之后，她突然又冒泡了，跟我说，她跟男朋友分手了。这半年里她一直狠不下心来跟他分手，总觉得他介意自己不是处女是正常的，换个男人一样会介意。直到不久后，她再次看到男朋友跟别的女人在街上亲密搂抱的一幕，她才真正下了决心分手。

这个时候，她才终于知道，他们之间问题的重点不是那层膜，而是在于他压根不爱她。

女人的内心总是容易心软，甚至是自卑，正是因为这些，女人总是比较容易去原谅一个人的错误，并且，还会被误导“反省”自身的错误，从而忽略了问题本身的重点。

再聪慧的女人，也没有能够一眼就能识破一个男人本质上的好坏的本事。所以，很多女人的人生里，都会遇到渣男。

在识清渣男真面目的时候，我们应该做的是及时转身，而不是陷在原地，一个劲替对方找借口，然后掩耳盗铃，任由自己越陷越深。

当你在迷茫究竟什么是底线，什么问题是一旦触及就绝对不能原谅的时候，不妨参考下以下几种情况：

背叛没有意外

一旦发现男人做出了背叛的事情，再多的理由都是借口，背叛这种事情不会“一不小心就发生”，明知道这是恋爱中的禁忌还要去触犯，你应该第一时间把他甩掉，从而告诫自己，他不值得原谅。

跟前任暧昧不清

在如今这个时代，一个男人有过一两位或者多位前任都是极其正常的事情，但如果在跟你交往的情况下，依旧跟前任暧昧不清，即使他有再多迫不得已，都应该让他理清了关系再来找你。

光恋爱不结婚

你提出结婚却总是被他各种回避，或者他可以给你讲出一堆各种结婚的弊端，告诉你结婚是一种束缚，是爱情的坟墓等等诸如此类的话。那么，请你等着瞧吧，他一定会结婚，只是跟他结婚的那个人，不是你而已。

莫名奇妙地失踪

现实中没有影视剧里那么多的曲折情节，即使后来他有各种各样你不知道的解释，你也要想一想，说不定他这段时间的失踪其实是另会佳人呢？如果一个男人一声不响地玩失踪，不跟你联系，不顾及你的想法，那么他就配不上你。

他提出分手，又来找你和好

俗话说好马不吃回头草，既然已经选择果断放弃，为什么又藕断丝连？真正喜欢你的男人，不会反反复复地折腾你，这样的男人，即使回头了，又如何保证不会有下一次？

对你食言

如果一个男人没有兑现自己的承诺，哪怕是一个说好的电话没有给你打，事后解释“太忙”，这种理由最不值得相信。哪怕是一个即将上任的总统，哪怕有几千万上亿的生意要谈，也不至于打一个电话，发一条短信的时间都没有。“忙”只是用来敷衍你的词，凡事有个“轻重缓急”，既然你不是那么的重要，那你也不用留时间给他来“道歉”了。

已婚的男人

即使人家是“国民老公”，也请直接跟他说一声拜拜，这是最基本的三观道德问题。

有家暴倾向的男人

家暴没有唯一的一次，只有零次跟无数次，动手实行家暴的男人，哪怕平时对你能蜜里调出油来，也请不要有一丝留恋，不想自己成为被拳头命中的沙包，请立刻转身离开。

我们通常说，爱别人之前，一定要先爱自己，在以爱自己的前提之下，我们绝对不能对那些错的人心软，不要对一段你没有把握的感情恋恋不舍，更不要替别人找借口用来“糊弄”自己，从而自欺欺人粉饰太平。

世界上没有那么多借口跟理由，爱就是爱，不爱就是不爱，无论爱与不爱，我们都应该有不容侵犯的底线，一旦触及，必须快刀斩乱麻，绝不留情。

宁愿重新再去找一个品质好的男人，也不要来一场豪赌，试图去改变一个浪子。

在看清对方真面目的时候，我们应该做的不是隐忍，也不是大哭大闹，恨不得让全天下都知道你的遭遇。我们首先应该沉住气，将过往所有的好与坏沉淀下来，变成让我们成长的回忆，关上过去的篇章，哪怕已经撕开了对方那张最丑陋的面孔，我们也应该保持微笑，带着一颗笃定决绝的心，优雅转身。

第九节　你才是自己最坚强的后盾

记得有一年，我到广州去旅游，有一天晚上和朋友玩到很晚，回去时在住的酒店附近碰到了以前的初中同学小茜。当时她就坐在大街边的一个广告牌下，我走近了之后，才发现她哭得很伤心，而她看到我，也把我当成了倾诉的对象，断断续续地跟我说了她的事。

小茜出生在一个重男轻女的家庭，有个哥哥，从小到大，父母有什么好的东西，都是留给哥哥的。初中三年读完之后，家里便让小茜辍学去打工，原因是家里条件不好，哥哥快要高考了，到了大学更是需要钱。而且父母都认为女孩子不需要读太多的书，反正迟早都要成别人家的人。之后的几年，小茜独自一人在外打工，老板和父母是朋友，小茜每年赚的钱，都是被老板直接交给她父母，只留给她少量的生活费。也正是这样，让小茜从心底里认为，只有嫁了人，离开这个家，她才能过得更好，才能有个依靠。

没过两年，小茜的父母就给小茜找了个对象，是离过婚的，没有孩子。但家里条件还不错，是独生子，而且还愿意出一份数量可观的彩礼。小茜的父母想用这份彩礼给小茜的哥哥娶个媳妇。小茜对于父母的想法和行为心灰意冷，不再对他们抱任何的希望。她也说服了自己嫁过去，那家人条件好，她嫁过去就会有自己的生活，也会有自己的依靠，会过得比家里好。

结婚没多久，小茜便怀孕了，也没有再工作，一直在家待产，生了孩子之后，更是做起了全职太太。但全职太太在家里的地位很低，老公也渐渐不那么在意她了，常常早出晚归，赚的钱也只给小茜一些生活费，要是小茜想要点钱买衣服和化妆品，老公都是要骂她乱花钱的，甚至有时候心情不好，还会对她打骂。小茜心里很难过也很憋屈，但都忍了下来，因为她自从生了孩子之后，就没再赚过钱，只能靠她老公，一个经济不独立的女人，有什么底气跟老公抗衡？

只是没想到，在小茜的女儿三岁那年，老公在外面找了个小三，要跟她离婚，甚至不打算要孩子。小茜顿时觉得自己的天都塌了，离了婚，她就等于失去了依靠，再加上还要养孩子，她根本就养不起，她不知道自己以后该怎么生活，于是绝望下只能坐在大街上哭泣。

听她哭诉完，我将她送回她的出租房里，离开之前，我偷偷往她屋里放了些钱，只是此后再也没了她的消息。

可以说，小茜的命运完全是自己一手酿成的。显而易见，她最大的问题，是自己完全不能做到经济独立，最初经济被娘家人掌控，婚后又全然没有了收入，完全靠丈夫的“施舍”，而她一直处于被动状态，直到频临离婚走向近乎绝望的地步。

其实，我们的生活中，像小茜这样想要靠着结婚改变自己的命运，婚后依靠着老公生活的女人不在少数。这也是中国从古至今流传下来的所谓传统思想，也更是因为老一辈的人常说的，结婚是女人的第二次生命。

小茜的人生会变成这样，多少跟她的出身有关，但更重要的还是她自己。如果她从一开始不把改变命运的机会交到别人的手里，而是靠自己努力来选择自己的未来，那么 在被丈夫背叛时，就不会这么绝望了。

这个世界是残酷的，有的时候，父母、亲人、丈夫、朋友这些我们认为最可靠的人，在最关键的时候，未必能够帮得了我们。

我朋友跟我讲过她一个亲戚的故事，那姑娘叫阿玲，是个同样出生在农村的姑娘，她还有个弟弟。

阿玲的家庭条件还不错，父母在城里开了一家小型的服装加工厂，但是那个年头，工人不好找，阿玲的父母也都是老实人，又不善于经营，工厂一度面临倒闭。为了帮父母打理好工厂，阿玲高考落榜之后就没有再复读，而是和父母一起经营起了服装加工厂。

刚开始的时候，阿玲对这一行不是很了解，走了一些弯路，吃过一些暗亏。但是渐渐地，她学聪明了，懂的东西也越来越多，工厂里的所有对外接触的事都是她在做，父母只需要管理好工厂的员工，按时出货就可以了。没几年，在阿玲的用心经营下，工厂越做越大，赚的钱也越来越多，资产几乎达到上千万，让村里人十分羡慕，都说阿玲的父母生了个会赚钱的好女儿。

在一次谈生意的时候，阿玲认识了她现在的老公，家里同样也是开服装加工厂的，条件虽然比不上阿玲家里，但也很不错。双方家长谈定之后，阿玲便和她老公结了婚，只是她没有想到的是，父母给她的嫁妆却只有区区几十万元和一辆二十万左右的车。她原本以为自己这些年一直为家里付出，父母会看在她辛苦多年的分上，给她一笔丰厚的嫁妆，却不想父母的重男轻女思想太重，心心念念只想把家产都留给那个还在读大学的弟弟。

阿玲虽然伤心，但也并没有因此去怨怪父母找他们哭诉。只是嫁妆太少，引起了婆家的不满。婆婆总是拿嫁妆说事，让阿玲很不好受，好在阿玲的老公并不介意，对她很好。只是几个月后，阿玲老公家的工厂突发资金问题发不出工资了，员工纷纷罢工讨债，阿玲没办法回了娘家一趟，希望父母能够伸出援手，帮一帮她老公家。

可是，父母却拒绝了，他们怕借出去的钱还不回来，更因为弟弟说阿玲已经嫁人，嫁出去的女儿泼出去的水，不应该再打家产的主意。后来还是母亲不忍心，私下偷偷给了她一些钱，但远远不够。家里有困难，连至亲的父母兄弟都不肯帮她，让阿玲不仅备受婆家人的责难，甚至连一直对她很好的老公都颇有微词，对她态度冷淡。

阿玲心中十分绝望，对父母更是失望到了极点。为了帮老公解决问题，阿玲只好四处找关系托朋友，却处处碰壁，直到一个昔日的同学告诉她，他家里有亲戚正在寻找服装加工厂谈合作，阿玲便抓住了机会。她凭着自己对服装行业的了解，以及多年谈生意的经验，顺利地谈下了这笔生意，拿到了一大笔订金，解决了老公厂里的燃眉之急，让工厂得以继续运转。

经此一事，阿玲也彻底地明白，靠谁都不如靠自己。娘家再好，也只是娘家，父母再好，他们更多只会为弟弟着想。

之后，阿玲便帮着老公家里一起打理工厂，因为网络电商的发展，阿玲嗅到了商机，也开起了网店，建立了属于自己的服装品牌。刚开始起步虽然艰难，但在阿玲的不懈努力下，网店的生意越来越好，更是创下了销售奇迹，还拿到了国外的一笔大订单，这一切都归功于阿玲的努力。

现在，老公家里的工厂越做越大，规模也已经远超过阿玲爸妈的工厂，公婆对阿玲很放心，更将工厂全权交给了阿玲和她老公管理，在外对她也是赞不绝口。这一切，都是阿玲通过自己的努力得来的，她不仅收获了事业上的成功，同时也赢得了老公和婆家的尊重。

从阿玲的故事中我们可以看到，没有谁能真正全身心让你去依靠，再有钱的娘家也未必永远是最坚固的后盾。生活中有太多的变化，太多的诱惑，每个人也都有自己的想法和自己的顾虑，再牢固的关系也可能因为自身的利益而破裂，再深的情感也挡不住现实的冲击。

每个女人都应该是独立的，不应该是任何人的附属品，只能依靠着他人才能生活。一味地依靠他人，只会让我们沦为悲剧。

在如今这个时代，即使我们没有文凭，大脑不够聪明，但只要我们的双手足够勤劳，我们就完全可以让自己独立起来。所以，我们为什么不早点抛弃依靠他人的想法，学着依靠自己，努力地创造自己的天地，活出最精彩的自己，从而不让自己卑微地活在别人的掌控之下呢？

我们要放下依赖别人的思想观念，将自己的能力锻炼起来，在困难来临时，即使父母和男人都靠不住，无法成为我们的后盾时，我们依然可以靠着自己的能力重新站起来。

人们都说女人是水做的，是世间至柔的物质，但也正是因为水的这种特质，可以承受巨大的重量，更可以变得无坚不摧。所以，我们不要小看了水的力量，更不要小看了自己。

不够强大，不够有能力，一点都不可怕，可怕的是我们不够勇敢，一心只想着依靠他人。要知道，只有思想独立，才会经济独立，经济独立则人格独立。

我们只有沉住气，努力地让自己成为优秀的人，一步一步慢慢摆脱那个软弱的自己，做一个独立且能掌握自己命运的人，不必仰他人之鼻息，不用受他人的主宰。终有一天你也会成为一棵屹立不倒的大树，不惧风雨，在阳光中成长。

尾声：心有沉香，不惧浮世

这是一个浩瀚的浮世，无边无际，精彩纷呈，我们每个人生来都不过是一个懵懵懂懂的来客，与这个世界赶赴一场未知的约会，几回欢喜，几度悲伤，浮浮沉沉，起起落落便是一生。

这个世界是一片汪洋大海，七情六欲是海上的波浪，身为浮木的我们随着波浪起伏，居无定所，唯有心中存有一缕如同定石般的沉香，即使波涛汹涌，人世浮华，我们依然能够以最沉静的姿态，散发着迷人的芬芳。

繁华三千即是云烟，给他人一束温暖，给自己一份心怀坦荡，给别人一分包容，给自己留几分淡然，以平常的心态正视他人的成败荣辱，正确地吸取跟学习，尽自己最大的努力朝着目标前进，无论最终与别人差距如何，努力即可，无需比较，独一无二的你本就无可比拟。

于浮世中许自己一路繁花相送，芳香于流年中弥久不散，哪怕终有一日韶华倾没，黄昏枯凉，再转身回望之时，依旧可感明媚洒眼眶。

心有沉香，何惧浮世。

身为浮木，心定则沉。

心有沉香，何惧浮世。身为浮木，心定则沉。